Die Charaktere und Geschehnisse im Roman sind frei erfunden.
Etwaige Ähnlichkeiten mit lebenden oder verstorbenen Personen
sind rein zufällig.

S. G. Maxwell

Novellin

Roman

Bibliografische Information der Deutschen Nationalbibliothek:
Die Deutsche Nationalbibliothek verzeichnet diese Publikation
in der Deutschen Nationalbibliografie; detaillierte bibliografische
Daten sind im Internet über http://dnb.dnb.de abrufbar

Copyright ©2016 by S. G. Maxwell
Auflage 1 /2016
Umschlagillustration: © S. Mayer
Umschlaggestaltung: © S. Mayer / S. G. Maxwell

Herstellung und Verlag:
BoD – Books on Demand, Norderstedt
ISBN 9 783741 297472

Alle Rechte vorbehalten.

Kapitel 1

Es ist ein kühler und noch dunkler Dienstagmorgen, als Marie Helm die Straßen der Innenstadt von Berlin durchquert. Keine Menschenseele kommt ihr entgegen, es ist nichts zu hören in der Nähe, außer dem Geräusch ihrer hohen Schuhe, die auf dem Pflaster der Fußgängerzone wieder hallen. Sie ist vollkommen allein mit sich und ihren Gedanken, die sich um ihre Arbeit drehen. Marie Helm ist 27 Jahre alt, hat schulterlange schwarze Haare und eine sportliche Figur. Sie arbeitet seit sieben Jahren für die Zeitschrift Global-Welt-Geschehen. Angefangen hat sie als Praktikantin, sozusagen als Mädchen-für-Alles. Von Botengängen, über Tischreservierungen, bis hin zu Abklärungen von Fotoshootings, war zu jenem Zeitraum alles dabei. Nach der Probezeit wurde ihr eine Festanstellung als Reporterin angeboten. Sie begann, über soziale und politische Entschlüsse zu schreiben und Interviews mit ranghohen Mediengrößen zu führen. Nach einiger Zeit merkte ihr Chef, welches Potenzial in ihr steckte, was ihn dazu veranlasste, sie in jeder erdenklichen Hinsicht zu fördern. Seit mehr als vier Jahren ist sie ein wichtiger Eckpfeiler für Global-Welt-Geschehen. Marie geht vollkommen in ihrer Arbeit auf. Für sie ist es selbstverständlich, früher in die Arbeit zu kommen und später nach Hause zu gehen. Erfolg zu haben, ist der wichtigste Bestandteil in ihrem Leben. „Wie sonst sollte man Chefredakteurin werden?", stellt sie sich selbst rhetorisch die Frage und verschwindet in einer Nebenstraße. Ihr Blick wandert zu ihrer Armbanduhr. Es ist sieben vorbei. Sie setzt einen Gang zu. Ihre Augen fallen auf die geschmückten Fenster der Hochhäuser um sie herum und den meterhohen geschmückten Tannenbaum am Marktplatz. Obwohl es der Tag vor Weihnachten ist, hat es kein bisschen den Anschein, als ob es bald schneien würde. Für einen kurzen Moment denkt sie an ihre Familie in Bayern und ob sie schon Schnee haben. „Wenn es so wäre, hätte mir Mum bestimmt davon erzählt", bestätigt sie sich selbst und kommt vor einer Fußgängerampel, die Rot zeigt, zum Stehen. Ein ungutes Gefühl macht sich in ihrer Brust breit, bei dem Gedanken, Weihnachten wieder allein und Hunderte Kilometern entfernt von Zuhause zu verbringen. Es ist das vierte Jahr in Folge, wo Marie über die Feiertage, am Jahresrückblick der Zeitschrift arbeitet, anstatt die Zeit mit ihrer Familie zu verbringen. Nur noch dieses Jahr redet sie sich selbst ihr schlechtes Gewissen aus. Dieses Jahr bin ich noch einmal alleine, aber nächstes Jahr, wenn ich Chefredakteurin bin, wird alles anders.

Die Ampel hüpft auf grün. Hastig macht sich Marie auf den Weg. Ihre Gedanken kreisen um Heino Klausen, ihrem stärksten Förderer und Chef bei Global-Welt-Geschehen. Der Mann hat nur noch ein paar Monate, bevor er in den Ruhestand geht. Herr Klausen hat Marie schon vor längerer Zeit offenbart, dass er sie durchaus als seine Nachfolgerin sehen könnte, da sie sowieso schon den größten Teil seiner Arbeit macht.

Aus der Ferne kann Marie schon die komplette Glasfront von Global-Welt-Geschehen sehen. Es ist ein Geschäftsgebäude mit 10 Stockwerken. Nur zu gut kann sich Marie an ihr ersten Tag erinnern, als sie davor stand. Es war beeindruckend und beängstigend zu gleich. Sie war ein junges Mädchen aus einem kleinen Dorf im Bayerischen Wald. Sie wusste nichts von der Welt und war zum ersten Mal auf sich ganz alleine gestellt, in einer fremden Großstadt, kilometerweit entfernt von Zuhause. Obwohl es Jahre her ist, fühlt es sich an, als ob es gestern erst gewesen wäre, die opulente Halle des Global-Welt-Geschehen zu betreten. Darüber muss Marie schmunzeln. Wie die Zeit doch vergeht.
Vor der Eingangstür, die komplett aus Glas besteht, hält sich ein Mann verkleidet als Nikolaus auf, der mit seiner Weihnachtsglocke klingelt und „Helfen Sie den Benachteiligten und Mittellosen!" ruft. Marie zuckt ihr Portmonee aus ihrer Designertasche und steckt dem Mann einen Zwanzig-Euro-Schein zu.
„Vielen Dank." Der Mann nickt ihr zu. „Und frohe Weihnachten."
Marie erwidert seinen Gruß und lächelt milde. „Ihnen ebenfalls." Sie drückt mit ihrer Hand gegen die Glastür. In Handumdrehen steht sie in einer cremefarbig gefliesten Halle mit einer schwarzen Sitzgelegenheit rechts vom Eingang. Ihre Augen fallen auf den Empfangstresen, der wie üblich noch unbesetzt ist.
Marie will sich schon auf den Weg zu den Fahrstühlen machen, die sich dahinter befinden, als eine

Männerstimme sie begrüßt: „Guten Morgen Frau Helm!"
Marie dreht sich in die Richtung, von der die Stimme kommt. Ein Mann im blauen Overall steht in unmittelbarer Nähe. In seiner rechten Hand hält er einen Putzeimer. „Guten Morgen Stefan!" Sie geht auf den Mann zu. „Wie geht es Ihnen?"
„Könnte nicht besser laufen." Er stellt den Eimer ab und fasst sich an seine blaue Mütze, die er sich zurechtrückt. „Und Ihnen?"
„Kann nicht klagen." Sie lächelt milde. „Wie ich sehe, waren Sie schon wieder fleißig am Arbeiten." Mit ihrer Hand deutet sie auf die blitzsaubere Fensterfront. „Wenn es die Zeit erlaubt, könnten Sie auch meiner Wohnung einen Besuch abstatten", scherzt sie.
„Wenn Sie mich danach zu Kaffee und Kuchen einladen, gerne." Stefan erwidert ihr Lächeln. „Wir sind doch immer fleißig Frau Helm, so wie Sie." Plötzlich taucht sein Partner auf, der dieselbe Arbeitskleidung trägt.
„Ich fange erst zu arbeiten an." Marie nickt dem Mann mit Pferdeschwanz zu. „Guten Morgen, Roberto!"
„Schon wieder so früh auf den Beinen, Frau Helm?", fragt der Mann mit leichtem Akzent.
„Sie haben es erfasst." Marie verstaut ihre Hände in der Manteltasche. „Wie geht es Ihnen?"
Roberto reibt sich seine Hände an seinem Overall. „Könnte nicht besser laufen und Ihnen?"
Sie zuckt mit ihrer Schulter. „Man lebt so dahin." Ihre Augen wandern zur Uhr, die sich über dem

Empfangstresen befindet. Es ist nach halb acht. „Jetzt aber los!" Sie setzt zum Gehen an, als ihr etwas in Erinnerung kommt. „Bevor ich es vergesse. Ich soll Ihnen von Herrn Klausen ausrichten, dass Sie nach getaner Arbeit beide in seinem Büro erscheinen sollen."
„Weswegen?" Unsicherheit macht sich in Robertos Gesicht breit. „Ist er nicht zufrieden mit uns?"
Marie winkt beschwichtigend ab. „So ein Unsinn. Heino lobt Sie und Stefan in den höchsten Tönen. Sie sind das Beste, was ihre Reinigungsfirma zu bieten hat, wenn man an die beiden Vorgängerinnen denkt."
„Naja, was Frauen können, können Männer erst recht. Meistens sogar besser."
„Nur nicht übermütig werden, Roberto", rügt Marie ihn scherzhaft.
„Weswegen müssen wir denn dann zu Ihrem Chef?"
„Naja." Maries Stimme wirkt auf einmal verschwörerisch. „Es ist immerhin Weihnachten."
Stefans linke Augenbraue hebt sich vielsagend. „Ah ich verstehe."
Ohne weiter auf den Mann zu achten, geht Marie durch die Empfangshalle, zu den vier Fahrstühlen von denen sich jeweils zwei auf einer Seite befinden. Alle stehen sie offen. Marie steigt zu dem Ersten links zu und drückt den Knopf der siebten Etage. Sie lehnt sich gegen die Wand und wartet auf das schließen der Fahrstuhltür. Sie räuspert sich und fasst an ihren steifen Nacken. Mit sanften Kreisen, versucht sie die Spannung darin zu lösen.
Es dauert noch einige Sekunden, bis der Lift in ihrer

Ebene angekommen ist und sich die Türe öffnet. Hastig steigt Marie aus und geht den langen, schmalen Korridor entlang, vorbei an mehreren offenstehenden Türen. Bei der angelehnten Tür zum Konferenzraum hält sie inne. Die Tische sind zu einer U-Form aufgebaut und an jedem stehen drei Teller mit Gebäck, wie üblich am Vorweihnachtstag. Wieder schleicht sich Bedauern in ihr Unterbewusstsein. Der Gedanke, die nächsten Tage allein hier zu verbringen, während alle anderen das Fest der Feste feiern, ist niederschmetternd. Marie verwirft ihre Gedanken. „Nur noch dieses Jahr, danach bin ich die Chefredakteurin." Diese Erkenntnis bringt sie zum Strahlen. Ein Traum geht für sie in Erfüllung, wenn man an die große Verantwortung denkt, die ihr in jungen Jahren zu teil werden wird. Wenn Heino Klausen in Pension geht, hat sie die Spitze der Karriereleiter erreicht und das mit gerade mal 27 Jahren. Das Geräusch der Fahrstuhltür reißt sie aus ihren Gedanken. Hastig geht sie weiter den langen Flur entlang. Vor einer der letzten grauen Türen hält sie inne. Seitlich ist ein Schild angebracht mit ihrem Namen. Marie fasst nach dem Türgriff und drückt ihn hinunter. Ihr Büro ist einfach gehalten. Mit einem Schreibtisch in der Mitte, ihrem Platz dahinter und zwei Stühlen davor. An den Wänden hängen Bilder, in denen ihre Erstausgabe und ihr erster Leitartikel eingerahmt sind. Eine Wand ist mit einem kompletten Regal hochgezogen, in dem sich mehrere Stapel Zeitschriften und Ordner befinden. Die Seite hinter ihrem Schreibtisch ist eine komplette Fensterfront, aus der man einen schönen Blick auf den Marktplatz hat. Marie schält sich aus ihrem schwarzen Mantel und hängt ihn an den Garderobenständer hinter der Tür. Sie streift ihre weiße Bluse und die schwarze Anzughose glatt. Mit ihrer Tasche bepackt, geht sie hinter ihren Schreibtisch und nimmt Platz. Während sie den Computer hochfahren lässt, holt sie ihr Handy aus der Tasche. Sie legt es beiseite und studiert ihren Account. Mehrere Mails sind in ihrem Postfach. Mit ihrem Zeigefinger auf der Maus klickt sie die Erste an. „Bewerbung um eine Praktikumsstelle bei Global-Welt-Geschehen", liest Marie den Betreff vor sich hin. „Sehr geehrte Damen und Herren." Marie atmet tief ein. „Oh Mann, wenn ich diesen Satz schon lese." Ihr Ton wirkt genervt. Nur noch halbherzig liest sie die Bewerbung. „Würde ich mich um ein Vorstellungsgespräch bei ihnen freuen." Marie wirkt irritiert. Sie liest den Satz erneut und schnaubt verächtlich. „Ihnen schreibt man bei einer Bewerbung groß, und wenn es wirklich so wäre, dann würdest du wissen, an wem du die Bewerbung schicken musst. Steht doch alles auf unserer Homepage." Für einen kurzen Augenblick glaubt Marie, zu hart zu dem jungen Mann zu sein, bevor sie jedoch einknickt, denkt sie an ihre eigene Zeit bei Global-Welt-Geschehen. Es war ein schwerer Gang, umso weit zu kommen und es wurde ihr nichts geschenkt. Sie musste einiges opfern, um unentbehrlich zu sein. Ihr Finger schwebt über der Löschen-Taste. Unbehagen macht sich in ihr breit. „Was machen wir nur mit dir?" Plötzlich meldet sich ihr Unterbewusstsein zu Wort. Wenn du schon Probleme

hast, jemanden ungeeigneten auszusondern, ist wohl der Chefposten nichts für dich. Diese Schlussfolgerung bringt Marie dazu, die Mail zu löschen. „Tut mir leid. Es gibt wirklich bessere als dich. Bessere im Sinne von: Ich informiere mich auf der Internetseite von Global-Welt-Geschehen und schreibe meine Bewerbung fehlerfrei."
Nachdem sie die Mail verworfen hat, klickt sie die Zweite an, in der für Laptops und Handys geworben wird. Ohne die Sendung zu lesen, löscht Marie sie ebenfalls. Ihre Augen wandern zur Armbanduhr. Es ist nach acht. „Ich sollte mich wirklich ran halten, bevor Paula kommt." Hastig öffnet sie eine weitere Nachricht in ihrem Posteingang. Ein Schreiben von Philippe Omeganti wird ihr angezeigt. Der Theaterschauspieler schreibt darin, dass er sich sehr geehrt fühlen würde, wenn von ihm ein Leitartikel in Global-Welt-Geschehen erscheint. Der Mann erklärt sich auch zu einem Interview bereit, solange es von einer jungen, blonden, üppig gebauten Reporterin geführt wird. Über seine Forderung kann Marie nur ihren Kopf schütteln. „Typisch Mann!"
Während sie ein Antwortschreiben an ihn verfasst, kommt ihr die perfekte Reporterin für das Interview mit Herrn Omeganti in den Sinn. Sie schreibt auf einen grünen Notizzettel zwei Worte. >Sonja Meindel<
Nachdem Marie das Schreiben an Philippe Omeganti verschickt hat, bearbeitet sie eine Mail nach der anderen und macht sich danach an die Fertigstellung ihres letzten Artikels.
„Guten Morgen, Marie!", begrüßt eine Frauenstimme

sie. Marie blickt über den Computer, zu der Frau im weißen Anzug, die in dem Rahmen ihrer Bürotür steht. Sie ist Brillenträgerin, hat kurze, blonde Haare und ist Mitte vierzig. „Guten Morgen, Paula. Wie geht es dir?"
„Gut." Sie blickt auf ihren rechten Arm, über dem ihr grauer Mantel hängt. „Wie lange bist du schon hier?"
Marie schaut auf ihre Uhr. „Seit gut einer Stunde."
Darüber schüttelt Paula nur ihren Kopf. „Oh Mann deinen Tatendrang möchte ich haben." Sie gähnt. „Müsste ich nicht arbeiten, hätten mich keine zehn Pferde aus dem Bett bekommen."
„Hast du schlecht geschlafen?", will Marie wissen.
„Wohl eher gar nicht. Josef hat sich die ganze Nacht im Bett gewälzt. Ich habe kein einziges Auge zugemacht."
„Wenn ich so etwas höre, bin ich froh allein und unabhängig zu sein." Marie lehnt sich gegen ihren Stuhl.
„Da gehen unsere Meinungen weit auseinander." Paula schenkt ihr ein selbstgefälliges Lächeln. „Ich für meinen Teil finde es besser jeden Morgen zu zweit, als allein aufzuwachen."
Paulas Seitenhieb versetzt Marie einen leichten Tritt in ihre Magengrube. Der Gedanke, dass der einzig beständige Mann in ihrem Leben, zugleich ihr Chef und engster Freund ist, wirkt plötzlich beschämend auf sie. Es ist nicht so, als ob Marie kein Interesse an Dates hätte, aber ihr fehlt einfach die Zeit dazu. Wie soll sie einen Mann in ihrem Leben unterbringen, wenn sie knapp 15 Stunden am Tag arbeitet? Wie soll sie eine Beziehung aufbauen, wenn sie nie Zeit für ihn hat? Sie

zwingt sich zu einem Lächeln. „Unsere Ansichten sind, was das angeht, einfach zu verschieden."
„Wo du Recht hast, hast du Recht." Paula hält ihre Hand hoch. „Gib mir fünf Minuten."
Marie nickt. „Sind die anderen etwa schon da?"
„Heino war mit mir im Aufzug und Daniel?" Ihr Blick schweift nach rechts aus dem Türrahmen. „Da ist er ja schon." Sie winkt ihm zu.
„Ich komme sofort", bestätigt Marie ihr, obwohl Paulas Aufmerksamkeit ihr gegenüber gleich null ist. Die Tür fällt ins Schloss und Marie bleibt allein zurück. Hastig schreibt sie die letzten Worte ihres Artikels. Nachdem dieser fertig gestellt ist, macht sie sich auf zu Paulas Büro, das gegenüber von ihrem liegt. Marie klopft an und geht sofort hinein. Paulas Büro ist genau so groß wie Maries, mit dem Unterschied, dass Blumenbilder ihre Wand schmücken und sie nur einen kleinen Schrank hat, auf dem eine Kaffeemaschine steht und fein säuberlich Tassen aufgereiht sind.
Paula lehnt an ihrem Schreibtisch, während ein braunhaariger Mann, mit dem Rücken zu Marie, in einem der Stühle sitzt. „Guten Morgen, Daniel." Sie schließt die Tür hinter sich.
Der Mann dreht sich samt Stuhl ihr zu. „Guten Morgen, Marie." Er trägt ein schwarzes Hemd und dazu eine graue Hose. „Du siehst gut aus."
„Danke." Marie schenkt ihm ein flüchtiges Lächeln und wendet sich sofort Paula zu. „Wo ist Heino? Dachte, er wäre mit dir im Aufzug gewesen."
„War er auch." Paula fasst hinter sich. „Hier." Sie reicht

Marie eine Tasse. „Keine Ahnung, er war irgendwie komisch."

„Komisch?", wiederholt Daniel.

„Ja. Er war wortkarg und unruhig. Weiß der Geier, was mit ihm wieder los ist."

„Vielleicht hat er vergessen, Weihnachtsbesorgungen zu machen", scherzt Daniel und tippt auf seinem Handy rum.

„Das wird es sein." Marie lächelt notgedrungen. „Hast du ihn darauf angesprochen?" Sie nippt an ihrer Tasse und lehnt sich gegen das Schränkchen.

„Neben mir wäre auch noch ein Platz frei Marie", fällt Daniel Paula ins Wort. „Oder hast du Angst ich könnte dich beißen?"

Nur ungern lenkt Marie ihre Aufmerksamkeit weg von Paula und Daniel zu. „Hättest du wohl gern. Mit dir halben Portion, werde ich locker fertig." Sie zwingt sich zu einem Grinsen, da ihre Worte härter klingen als beabsichtigt. „Im Übrigen habe ich deinen überarbeiteten Artikel noch nicht bekommen."

„Und?" Daniel zuckt mit seinen Schultern. „Es ist der Tag vor Weihnachten. Heute steht nicht viel auf dem Programm, außer der Weihnachtsfeier."

Maries Stirn liegt in Falten. „Was genau willst du mir damit sagen?"

Daniel grinst über beide Ohren. „Ich habe noch genug Zeit um ihn fertigzustellen. Du bekommst ihn gegen Mittag."

„Ach so", spielt Marie die Einsichtige. „Gott sei Dank. Ich habe ja sonst keine Termine, die ich wahrnehmen muss."

„Marie!" Paula boxt sie sanft gegen die Schulter. „Sei doch nicht so."

Der scharfe Tonfall von Marie entgeht Daniel nicht. „Ähm...?"

„Schon gut. Zeit ist nun mal ein Luxus, den sich nicht jeder leisten kann", setzt sie noch nach und wechselt das Thema. „Also hast du Heino darauf angesprochen, warum er schlecht drauf ist?" Ihre Augen sind auf Paula gerichtet.

Sie gibt sich ahnungslos. „Er meinte nur: Ihr werdet es noch früh genug erfahren und wusch....war er schon raus aus dem Lift."

„Komisch", bestätigt nun auch Marie. „Ihr werdet es noch früh genug erfahren? Dann hat es mit uns allen zu tun", schlussfolgert sie.

Paula trinkt aus ihrer Tasse. „Egal was es sein wird, wir werden es bei der Weihnachtsfeier erfahren." Sie geht um ihren Schreibtisch rum. „Wenn die doch schon vorbei wäre", seufzt sie und nimmt Platz. „Fünf Tage nichts hören von Fotoshootings und Abgabeterminen, ein Traum wird wahr."

„So schlimm ist es doch gar nicht", hält Marie dagegen.

Paula verdreht ihre Augen. „Sei mal so lange in diesem Beruf wie ich, dann Reden wir weiter Schätzchen. Es ist ein Gottesgeschenk, dass die Feiertage vor dem Wochenende fallen. Es ist wie eine Woche Urlaub." Sie zwinkert Daniel verschwörerisch zu. „Oder?"

„Oh ja", stimmt dieser mit ein.

„Zumindest für die Meisten von uns", erinnert Marie sie

daran, dass sie die Feiertage über arbeiten wird.

„Dazu sage ich mal nichts, Marie!", meint Paula mit Ironie in ihrer Stimme. „Dass du den Jahresrückblick deiner Familie vorziehst, ist mir unbegreiflich und das schon zum vierten Mal. Wärst du meine Tochter, würde ich dich nach Hause prügeln."

Darüber muss Marie lachen. „Meine Eltern haben Verständnis dafür. Sie wissen, dass es nicht ewig so sein wird. Sie kennen mein Ziel und stehen hinter mir."

„Und dafür bewundere ich sie auch." Paula nippt an ihrer Tasse.

„Wer kennt dein Ziel nicht!", wirft nun Daniel ein. Er stellt seine leere Tasse am Schreibtisch ab. „Frau Chefredakteurin." Sein Gesichtsausdruck wirkt herausfordernd.

„Höre ich da einen leichten Anflug von Missgunst aus deinen Worten?", spielt Marie sein Spiel mit. „Oder ist es dir unangenehm, unter einer Frau zu arbeiten?"

„Von Missgunst kann keine Rede sein und was das andere angeht." Seine Gesichtszüge wirken auf einmal verschwörerisch. „Ich habe kein Problem unter dir zu arbeiten. Im Gegenteil es wäre mir ein Vergnügen."

Der vielversprechende Ton in seinen Worten entgeht Marie nicht. Mit einem irritierten Stirnrunzeln will sie kontern, als Paula ihr ins Wort fällt. „Vielleicht ist das die Neuigkeit, die er uns mitzuteilen hat?" Mit ihrem Zeigefinger tippt sie gegen ihre Stirn, als ob ihr gerade ein Licht aufgegangen wäre. „Warum bin ich darauf nicht früher gekommen. Du bist seine rechte Hand und das schon seit Jahren. Auf dich ist immer Verlass, und da du sowieso schon den größten Teil seiner Arbeit machst, ist das der naheliegende Schritt. Heino wird nächstes Jahr in Rente gehen und du wirst seine Nachfolgerin werden."

Marie ist irritiert. „Das glaube ich eher nicht."

„Warum denn nicht?", will sie wissen.

„Weil die Weihnachtsfeier ein ungünstiger Zeitpunkt wäre, umso eine Neuigkeit zu verkünden", stellt Marie klar. „Außerdem: Wer sagt dir, dass ich die Einzige im Rennen um den Chefposten bin? Vielleicht hat Heino noch andere Eisen im Feuer."

„Blödsinn. Sei bloß nicht so bescheiden", tadelt Paula sie. „In den letzten Jahren hattest du weder Urlaub, noch die großen Feiertage frei. Du warst immer hier und das tagein tagaus. Du hast den Posten verdient, dass weiß jeder und du arbeitest ja auch seit Jahren darauf hin."

„Das will ich gar nicht abstreiten." Marie geht um Daniel herum und nimmt neben ihm Platz. „Aber trotzdem kann ich mir nicht vorstellen, dass das die Neuigkeit ist, die Heino zu verkünden hat. Warum sollte er deswegen beunruhigt sein?"

„Da ist was Wahres dran", lenkt Paula ein. „Hmm…?"

Für einen kurzen Moment herrscht Stille im Raum. Alle sind mit ihren Gedanken beschäftigt, die sich um Heinos seltsames Verhalten drehen.

„Vielleicht ist er krank, oder hat Probleme mit seiner Frau?", durchbricht Paula die Stille.

„Könnte sein", bestärkt Marie ihr Gerede. „Sein Herzleiden ist schlimmer geworden. Er war deswegen

auch schon mehrmals beim Arzt."
„Der hat aber nichts gefunden", erinnert sich Paula.
„Der letzte Befund steht noch aus." Marie blickt auf ihre Armbanduhr. „Jetzt wird es aber langsam Zeit."
Paula reagiert nicht darauf. „Gott, hoffentlich ist es nichts Ernstes."
„Nichts Ernstes?" Ungläubig schaut Marie sie an. „Es ist das Herz Paula."
„Das ist mir bewusst, danke trotzdem für die Erinnerung", blökt sie zurück. Ihre Gesichtszüge werden wehleidig. „Armer Heino und was wird seine Frau dazu sagen?"
„Leute!", schaltet sich nun Daniel ein. „Ihr wisst doch gar nicht, was mit ihm los ist. Wartet doch erst einmal ab, bevor ihr den Teufel an die Wand malt. Wir hören es doch gleich."
„Gleich?" Paulas Augen weiten sich. Sie blickt auf ihren PC-Monitor. „Oh, schon so spät?" Eilig kommt sie von ihrem Platz hoch und geht zu ihrem Schrank. Sie öffnet die Tür davon und stellt die benutzte Tasse in einen Korb.
„Soll ich deine mitnehmen?" Daniel hält seine Hand auf, als er von seinem Platz hochkommt.
Marie leert eilig ihre Tasse. „Danke." Sie reicht sie ihm.
Auf flinken Sohlen machen sich alle drei auf den Weg raus aus Paulas Büro. Sie gehen den Weg zum Aufzug zurück und machen am Konferenzraum halt. Gelächter dringt daraus. Daniel fasst nach dem Türgriff und drückt ihn hinunter.

Kapitel 2

Eine Horde von Frauen und Männern sitzen in U-Form auf den Plätzen. Heino Klausen steht vor ihnen. Er ist ein stämmiger Mann im schwarzen Anzug, mit grauen Haaren und Brille. Seine Aufmerksamkeit wandert zu den Neuankömmlingen. Er nickt ihnen kurz zu. Marie erwidert es und hält Ausschau nach einem freien Platz. Am Ende des Raumes, bei den Fenstern sind noch zwei und einer befindet sich an der Spitze der Tischaufstellung. Daniel und Paula gehen auf die Nebeneinanderliegenden zu. Marie hält kurz inne. Bei dem Gedanken an der Spitze zu sitzen, fühlt sie sich unwohl. Sie schließt die Tür hinter sich und geht rechts an den belegten Plätzen vorbei. Manche ihrer Arbeitskollegen nicken ihr mit einem milden Lächeln zu.
„Guten Morgen", flüstert sie und nickt vereinzelt. Am Ende des Raumes, bei einem hüfthohen Schrank kommt Marie zum Stehen. Sie lehnt sich dagegen und richtet ihre Aufmerksamkeit auf Heino, der wie angewurzelt dasteht. Sein Kopf deutet auf den freien Platz links neben sich. Marie schüttelt nur ihren Kopf.
„Ok." Er atmet lautstark ein. „Da es nun auch die Letzten geschafft haben, kann ich nun endlich anfangen", scherzt er, doch sein Grinsen wirkt gestellt. „Es kommt mir so vor, als ob es erst gestern gewesen wäre, dass ich mein Praktikum bei Global-Welt-Geschehen begonnen habe. Ich war keine zwanzig Jahre

alt und doch wusste ich genau, was ich machen wollte."
Heinos Ansprache irritiert Marie. Sonst redet er nur immer über das vergangene Jahr und welche Gewinne oder Verluste sie erzielt haben, aber heute? Heute redet er über sich und seine Stellung bei Global-Welt-Geschehen. Könnte Paula recht behalten? Stellt Heino heute den neuen Chefredakteur vor? Gespannt lauscht sie weiter seiner Ansprache. „Ich wollte über die Geschehnisse aus aller Welt berichten. Ich wollte die Menschen informieren, sie zum Nachdenken anregen. Von dem Aufkommen der neusten Techniken, über die sozialen Unterschiede von Reich und Arm, bis hin zu den unglaublichsten Geschehnissen aus aller Welt, war ich überall dabei." Marie atmet bei seinen Worten angestrengt ein. „Das Team mit dem ich zusammengearbeitet habe, bestand zu meiner Anfangszeit in den siebziger Jahren, gerade mal aus zwölf Personen. Wenn ich an die Flut der Neuigkeiten denke, die uns in den letzten Jahren tagtäglich überrollt hat, ist das kaum vorstellbar. Die Arbeit früher war hart, meine Vorgesetzten unberechenbar und doch biss ich mich mit Engagement und meiner Gabe mit Worten umzugehen, bis an die Spitze von Global-Welt-Geschehen durch. Ich habe viele Schlagzeilen geschrieben und einige Skandale in den letzten 44 Jahren aufgedeckt. Ich hatte das Glück mit Menschen zusammenzuarbeiten, die meine Leidenschaft teilten. Auch jetzt noch, wo die meisten längst im Ruhestand sind, bin ich froh um euch alle." Mit seinem Zeigefinger deutet er in die Menge. „Ihr seid meine Familie." Er

atmet schwer ein. „Aus diesem Grund fällt es mir auch sehr schwer …" Heino bricht mitten im Satz ab. Er legt seine Hände auf die Hüften und schließt seine Augen. Es ist ihm anzusehen, dass es kein leichter Gang für ihn ist. Plötzlich richten sich mehrere Augenpaare auf Marie. Obwohl sie nichts sagen, kann man ihre Gedankengänge von den Gesichtern ablesen. Sie alle glauben, was Paula schon im Büro schlussfolgerte.
Mehr als ein entschuldigendes Lächeln bringt Marie nicht auf. In diesem Moment ist es ihr mehr als nur peinlich. Für einen kurzen Augenblick kommt ihr der Neid ihrer Arbeitskollegen in den Sinn, dass sie ihr den Posten nicht gönnen, ihn ihr gar übel nehmen.
Phil, ein Mann Mitte fünfzig, nickt ihr respektvoll zu. Erleichterung überkommt Marie. Sie erwidert seine Geste und beißt sich auf die Unterlippe.
„Es fällt mir sehr schwer euch allen mitzuteilen…", hat nun Heino seine Stimme wiedergefunden. „…das Global-Welt-Geschehen im neuen Jahr, nicht mehr in den Zeitschriftenregalen erscheinen wird." Heinos Stimme verebbt. Sein Blick ist wachsam.
Keiner regt sich, auch Marie nicht. Sie steht verdutzt da und lässt sich seine Rede nochmal durch den Kopf gehen.
„Was willst du uns damit sagen?", wirft nun eine Frauenstimme ein.
Maries Augen sind auf Heino geheftet. Sie kann sein Gerede noch immer nicht klar deuten.
Heino kratzt sich nervös am Kinn. „Ich will damit sagen: Dass der Vorstand entschieden hat, Global-Welt-

Geschehen ab Februar einzustellen."

„Was?" Panisches Luftschnappen erfüllt den Raum. Plötzlich reden alle entsetzt durcheinander.

„Bitte immer einer, nach dem anderen!", versucht Heino die Menge zu beschwichtigen, die wie wild auf ihn einredet. „Ich verstehe ja mein eigenes Wort nicht."

Nach einigen Sekunden, senkt sich der Lautstärkepegel etwas.

„Ja Miriam?" Heino deutet auf eine blonde Frau mit Brille.

„Warum? Ich verstehe nicht ganz. Wieso wird die Zeitschrift abgesetzt?", will sie wissen.

„Die genauen Beweggründe wurden schriftlich in einer E-Mail niedergeschrieben, die an alle Mitarbeiter gesendet wurde. Ihr habt sie erhalten, während wir hier sitzen." Heino räuspert sich abfällig. „So viel sei gesagt: Die Auflagen in den letzten Jahren haben sich zunehmend gemindert. Allein dieses Jahr, haben wir Einbußen in Millionenhöhen erzielt. Der Vorstand sah keine andere Möglichkeit, als Global-Welt-Geschehen dichtzumachen." Wieder senkt sich Panik im Raum. Aufgebracht reden alle durcheinander. „Es tut mir leid. Ich weiß, für viele ist es ein Schock, aber an diesem Zustand, kann man nichts mehr ändern. Der Vorstand bedauert es ebenfalls, gerade um die Weihnachtszeit, mit einer solch schmerzlichen Neuigkeit zu kommen." Heinos Stimme wirkt verachtend. „Geschäft ist nun mal Geschäft und Geld regiert die Welt."

„Ab Februar? Das sind gerade mal sechs Wochen", stellt nun eine Männerstimme fest.

Marie steht die Fassungslosigkeit ins Gesicht geschrieben. Die Arbeitslosigkeit ab Februar scheint ihr langsam zu dämmern. Ihr Augenmerk fällt auf Paula, die sie entsetzt mustert. Sie übergeht ihren Blick.

„Wie gesagt: Es tut mir leid." Heinos Gesichtsausdruck wirkt gequält. Man sieht ihm sein Unbehagen an. Der Vorstand hat diesen Entschluss getroffen und ihn den Wölfen zum Fraß vorgeworfen.

„Aber?" Ein dickbäuchiger Mann steht von seinem Stuhl auf. „Ich arbeite seit zwanzig Jahren hier, Heino."

„Ich weiß Karl. Ich kann nicht mehr, als mich entschuldigen." Für einen kurzen Moment steht er nur da. Sein Blick schweift durch den Raum und bleibt bei Marie hängen. Er nickt ihr kurz zu und formt stumm etwas mit seinen Lippen.

„Was?", flüstert Marie.

Heino nimmt keine weitere Notiz von ihr und wendet sich ab. „Hört zu Leute: Das alles ist kein Weltuntergang. Global-Welt-Geschehen ist nicht die einzige Zeitschrift in der Stadt. Es gibt viele Chefredakteure, die euch nur zu gern beschäftigen würden." Seine tröstenden Worte prallen an Marie ab. Immer noch ist sie wie versteinert. „Wie gesagt, alles Weitere steht in der E-Mail, die an jeden von euch verfasst wurde." Er dreht sich zur Tür und geht raschen Schrittes darauf zu. Bevor er aus dem Raum verschwindet, hat nun auch Marie sich aus ihrer Starre gelöst. Eilig kommt sie ihm hinterher.

Heino ist Richtung Fahrstuhl unterwegs. Er übergeht ihren Ruf. Mit zügigem Tempo geht sie ihm nach.

Er tippt mehrmals auf den Fahrstuhlknopf.

„Heino?" Marie kommt neben ihn.

„Bitte Marie, lass mir eine Minute Zeit. Es war nicht leicht für mich, vor euch allen diese Neuigkeit zu verkünden." Die Aufzugtür öffnet sich. Heino geht hinein. Marie folgt ihm. „Ich bitte dich. Gib mir nur einen Moment." Er lehnt sich gegen die Aufzugswand.

„Einen Moment?" Marie ist baff. „Du hast uns gerade allen erklärt, dass wir in einem guten Monat arbeitslos sind. Wo war unser Moment? Wo war da mein Moment, um die Sache verdauen zu können?" Sie geht auf und ab. „Ich fasse es nicht."

„Es tut mir leid, Marie", Heinos Stimme bebt vor Aufrichtigkeit.

„Das hast du schon gesagt", blafft sie ihn an. „Als ob diese vier kleinen Worte, etwas ändern würden." Nervosität macht sich in ihr breit. „Ich verstehe es immer noch nicht. Warum machen wir den Laden dicht?"

„Die genauen Beweggründe stehen alle in der E-Mail, die vom Vorstand verfasst wurde", erklärt Heino.

„Ich will es aber von dir hören", weist sie ihn an. „Was interessiert mich der Vorstand. Ich habe mit keinen von denen jemals richtig gesprochen. Du warst für mich immer der Ansprechpartner. Du hast mich eingestellt und gefördert." Sie stellt sich vor ihn. „Ich will es aus deinem Mund hören." Die Aufzugtür geht auf. Heinos Blick wandert von Marie, zu der offenen Tür hinter ihr.

„Wage es nicht, mich hier stehen zu lassen", droht sie ihm.

„Gut, dann komm mit", lenkt er ein.
Eiligen Schrittes treten sie aus dem Lift und gehen Richtung Ausgang. An der Sitzgelegenheit rechts davonkommen sie zum Stehen. „Setz dich."
„Dafür bin ich zu aufgeregt." Marie stellt sich neben den schwarzen Sessel, in dem Heino Platz nimmt. „Also?"
Heino räuspert sich. „Wie ich es oben schon erklärt habe, unsere Auflage ist in den letzten Jahren zunehmend zurückgegangen und dieses Jahr ist sie vollkommen eingebrochen. Wir erzielen nur noch Verluste. Es gibt Zeitschriften und Zeitungen, die uns meilenweit voraus sind. Selbst dieses Käseblatt, was jeden zweiten Tag in den Briefkästen von ganz Berlin liegt, hat mehr Leser."
Marie blickt ihn misstrauisch an. „Ich kenne unsere Finanzlage nur zu gut Heino. Ich weiß wir waren schon mal populärer, aber von dem Zustand, den du beschreibst, sind wir noch weit entfernt."
„So weit sind wir davon nicht entfernt. Wir halten uns gerade mal so über Wasser."
„Eben." Marie wirkt einsichtig. „Wir sind noch nicht ganz am Ende. Wir haben noch die Möglichkeit das Blatt zu wenden. Wenn jeder bei einem Tief, sofort ans Aufgeben denken würde, dann gäbe es in ganz Berlin kein Geschäft mehr. Die Innenstadt wäre ausgestorben und die Fensterläden mit Papier zugeklebt. So eine Durststrecke macht jeder mit. Einfach Zähne zusammenbeißen und durch."
„Verstehst du denn nicht?!", Heino wirkt ungläubig.

„Den Männern im Vorstand geht es nur um den Profit. Es interessiert sie nicht, wer wie lange hier schon arbeitet, oder was die Zukunft bringen wird. Die letzten Monate war Global-Welt-Geschehen ein Fass ohne Boden. Der Gewinn, ging fasst gegen null. Wir sind in ihren Augen das schwarze Schaf. Wir bringen nichts ein, also wird der Laden dichtgemacht und wir alle stehen auf der Straße. Es geht nur um das verdammte Geld."
„Nicht alle", hält sie dagegen.
„Was nicht alle?"
„Nicht alle stehen auf der Straße." Ihre Augen sind auf ihn gerichtet. „Du hast dich von dem sinkenden Schiff in letzter Sekunde noch retten können. Du gehst in den Ruhestand."
„Das ist nicht fair Marie." Heino ist geschockt von ihrem Vorwurf. „Ich bin nicht der Böse, in diesem Stück. Mir wurde nur diese Last aufgelegt euch mitzuteilen."
„Was ist mit mir?" Marie lacht ungläubig. „Du weißt, wie hart ich in den letzten Jahren gearbeitet habe. Ich habe mich für diese Firma aufgeopfert. Tagein, tagaus war ich hier. Ich habe Wochenenden und Feiertage geschuftet, wie irre und zum Dank bekomme ich einen Arschtritt. Erzähl mir nichts von Fairness. Wo ist die bitte, wenn ich in ein paar Wochen arbeitslos bin?"
„Beruhige dich Marie", versucht Heino sie zu beschwichtigen. „Global-Welt-Geschehen ist nicht die einzige Zeitschrift in Berlin. Es gibt noch so viel andere. Die Schließung ist nicht das Ende der Welt. In deinem

Fall habe ich schon meine Kontakte spielen lassen." Er fasst in seine Brusttasche. „Aus-Aller-Welt erwartet deinen Anruf." Er hält ihr ein blaues Kärtchen entgegen. „Es ist Zeit für einen Neuanfang."
„Ich will nicht von Neuen beginnen." Sie schlägt ihm die Karte aus der Hand. „Ich hatte den Chefposten sicher. Was werde ich bei denen sein. Ich will nicht noch einmal als Reporterin anfangen und Botengänge erledigen müssen, um mich behaupten zu können. Ich habe das alles schon hinter mir."
„Marie", Heinos Stimme wirkt hilflos. „Was soll ich tun? Ich kann an der Situation nichts ändern. Ich bin wie du nur ein Arbeiter. Die Macht hat der Vorstand." Er fasst nach der Karte am Boden. „Die Entscheidung ist gefallen."
„Und was soll ich jetzt tun?"
„Nach vorne sehen." Heino zwingt sich zu einem Lächeln. „Du hast großes Potenzial. Du kannst noch so viel erreichen." Er hält ihr erneut die Karte vor. „Aber nicht bei Global-Welt-Geschehen. Die Zeiten sind vorbei. Akzeptier es und nutze die neuen Chancen. Aus-Aller-Welt ist eine der besten Zeitschriften in Berlin. Also hör auf dich wie ein bockiges Kleinkind zu benehmen und ruf dort an."
„Aber..?", setzt Marie zu reden an.
„Es ist vorbei." Seine Augen deuten auf das Kärtchen.
Obwohl es Marie widerstrebt klein beizugeben, gibt sie auf. Heino hat recht. Es ist nicht seine Schuld. Er hat die Entscheidung nicht getroffen, sondern der Vorstand. Es ist nicht richtig, ihn zum Sündenbock zu erklären. Sie

greift nach der Karte. Ohne einen Blick darauf zu werfen, verstaut sie die in ihrer Hosentasche. „Was ist mit dem Jahresrückblick?"
„Der fällt aus. Es wird nur noch das Nötigste gedruckt."
Marie ist sprachlos. „Du musst es positiv sehen. Es ist Weihnachten. Fahr nach Hause und vergiss das alles hier." Heino lässt seinen Zeigefinger im Raum kreisen.
„Und was soll ich meiner Familie erzählen?", fragt Marie rhetorisch nach. „Dass meine Bemühungen in den letzten Jahren alle umsonst waren? Dass alles umsonst war und ich wieder von vorne anfangen kann?"
„Sag ihnen lieber, dass du eine neue Stelle in Aussicht hast, die bei weitem besser ist, als die bei Global-Welt-Geschehen", stellt er selbstzufrieden fest. „Was auch stimmt."
Trotz dieser Ansicht, ist Marie missmutig gestimmt. Heino kommt von seinem Platz hoch. „Mach dir keinen Kopf. Es ist nicht so schlimm, wie du denkst. Schlaf eine Nacht darüber und Morgen sieht die Welt schon ganz anders aus." Er legt seinen Arm freundschaftlich um ihre Schultern. „Achim Wolland erwartet deinen Anruf."
„Wer?" Marie ist irritiert.
Heino schenkt ihr ein leichtes Lächeln. „Der Chefredakteur von Aus-Aller-Welt. Ich habe dich ihm so glühend empfohlen, dass er schon ganz gespannt ist." Marie zuckt uninteressiert mit ihren Schultern. Es sind einfach zu viele Informationen im Moment, die sie verarbeiten muss. „Versprich mir, das du anrufen wirst.

Es wäre eine große Dummheit diese Chance nicht zu ergreifen und wenn du eines gewiss nicht bist, dann ist es dumm."

„Ok", erwidert Marie ihm belanglos.

„Sag es", setzt er nach. „Ich will es hören."

Marie atmet angestrengt ein. „Ja ich werde Achim Wolland anrufen."

„Freut mich." Heino nimmt sie in seine Arme. „Du wirst es bestimmt nicht bereuen."

Er lässt von ihr ab. „Ich muss jetzt ins `Le Plain` und den Vorstand Bericht erstatten."

Heinos Aussage lässt in Marie Wut hochkommen. Während sie und alle anderen informiert wurden, ab nächstes Jahr arbeitslos zu sein, tagt der Vorstand im nobelsten Restaurant in ganz Berlin. Sie beißt sich auf die Zunge, um einen blöden Kommentar zu vermeiden.

„Dann alles Gute. Wir sehen uns nach Weihnachten."

„Dir auch." Er wendet sich von ihr ab. „Und nutze die Feiertage, um runter zu kommen, damit du im neuen Jahr voll durchstarten kannst."

Marie zwingt sich zu einem Lächeln. „Das werde ich."

Für einen kurzen Moment schaut sie Heino noch nach, bis er durch die Eingangstür verschwunden ist. Ihr Augenmerk wandert zu den Fahrstühlen. Sie sollte nach oben gehen und ihr Zeug holen. Nach der Weihnachtsfeier ist nichts mehr geplant, zumindest seit den jüngsten Ereignissen. Eigentlich würde sie im Büro bleiben und weiter am Jahresrückblick arbeiten, aber der hat sich erledigt. Es gibt keinen Rückblick mehr. Es gibt kein Global-Welt-Geschehen mehr. Diese Zeiten

sind vorbei. Es gibt keinen Grund mehr, für sie heute hier zu bleiben. Sie kann nach Hause gehen und hat die nächsten Tage frei. Ihre ganze Arbeit all die Jahre war für die Katz. Es war alles umsonst. Dieses Wissen schnürt Marie die Kehle zu. Sie klopft sich auf die Brust und atmet schwer ein. Es ist zu früh um die Fassung zu verlieren. Zu Hause kann sie zu einem Häufchen Elend zusammenfallen, aber nicht hier. Sie blendet ihre tristen Gedanken aus und macht sich auf den Weg zu den Aufzügen. Es vergeht eine kleine Ewigkeit, bis sie in ihrer Etage angekommen ist. Darauf bedacht die Fassung zu bewahren, geht sie eilig an ihren Arbeitskollegen vorbei, die wie wild diskutieren und schimpfen. Eine hitzige Anspannung hängt über dem Raum. Bevor Marie die Tür schließen und in ihrem Büro verschwinden kann, erklingt eine Männerstimme.
„Marie!"
Nur ungern dreht sie sich zurück. „Ja?"
Daniel steht vor ihr. „Ist alles in Ordnung?"
„Warum?", gibt sich Marie ahnungslos. „Was soll nicht stimmen?"
„Du weißt schon." Er deutet in die Richtung des Konferenzraums. „War schon eine harte Nummer. Ich muss zugeben, diese Neuigkeit traf mich wie ein Schlag ins Gesicht."
„Nicht nur dich", versichert Marie ihm.
„Kann ich mir vorstellen. Dir muss es ja den Boden unter den Füßen wegziehen."
„Wie darf ich das verstehen, Daniel?" Maries Stirn liegt in Falten.

„Naja...", er sucht nach den richtigen Worten. „Von uns hat sich keiner so rein gehängt wie du. Ich meine…..du warst….WOW all die Jahre."

„Danke." Marie reißt sich am Riemen. Als ob ihr das nicht bewusst wäre. „So ist das Leben eben. Eine Tür schließt sich, während eine andere sich öffnet."

Daniel grinst über beide Ohren. „Du siehst die Sache ziemlich gelassen."

„Was sonst?", lügt sie weiter. „Es ist nur ein Job. Trübsal zu blasen ist reine Zeitverschwendung. Man kann es nicht mehr ändern. Die Arbeit bestimmt nicht das Leben. Es gibt Wichtigeres." Sie beißt sich auf die Zunge, um ihre Gefühle in Zaun zu halten. Daniel blickt sie misstrauisch an. Bevor er nachfragen kann, wechselt sie das Thema. „Hast du mich nur deswegen aufgesucht, oder war noch etwas anderes?"

„Ähm...?", stottert er.

„Ja?"

„Ich wollte dir eigentlich nur frohe Weihnachten wünschen", schießt es aus ihm heraus.

„Oh danke. Wünsche ich dir ebenfalls, auch deiner Familie."

„Danke." Marie will zum Gehen ansetzen, als er weiterredet. „Was hast du die nächsten Tage vor? Fährst du nach Hause?"

Marie bemüht sich freundlich zu bleiben, obwohl sie am liebsten für sich alleine wäre, um alles verdauen zu können. „Keine Ahnung. Ich denke eher nicht. Es ist eine sehr lange Fahrt, bis zu mir nach Hause, außerdem ist nichts gepackt. Den Stress will ich mir ehrlich gesagt

nicht antun."
Ihre Aussage verwundert Daniel. „Aber es ist Weihnachten."
„Ist mir bewusst."
„Diese Zeit verbringt man mit der Familie."
„Ich weiß", setzt sie nach und nimmt seine Feststellung als Überleitung zum nächsten Thema. „Was hast du die nächsten Tage vor?"
„Ich fahre jeden Tag zu meiner Familie. Sie wohnen außerhalb von Berlin, in einem Vorort. Bei uns sind solche Feste immer ein großes Zusammentreffen."
„Ach wirklich", Marie spielt die Interessierte. Ihre Aufmerksamkeit wandert zum Flur, wo sich ihre Kollegen, mit Mänteln bepackt, auf den Weg zum Fahrstuhl machen. Sie nicken ihr und Daniel zu. Marie erwidert es und winkt zum Abschied. „Euch auch frohe Weihnachten!"
Daniel redet währenddessen munter weiter. „…..eine Ewigkeit zusammen."
„Oh", Marie hat vollkommen den Faden verloren.
„Was?" Daniels Gesichtszüge wirken unbekümmert.
„Ähm….nichts." Er hat keinen Schimmer, dass sie überhaupt nicht mehr zugehört hat. „Ich glaube, du hast recht. Weihnachten sollte man mit der Familie verbringen", erklärt sie, um dem Gespräch ein Ende zu setzen.
„Schon, oder?"
„Ja, definitiv." Sie schaut auf ihre Armbanduhr. „Dann sollte ich mich mal auf den Weg machen, um rechtzeitig anzukommen. Sonst verbringe ich den Heiligabend auf

der Autobahn." Sie zwingt sich zu einem Lächeln. „Nochmal frohe Weihnachten und wir sehen uns nächste Woche."

Daniel wirkt überrumpelt über das rapide Ende ihres Gesprächs. „Okay…gut…also bis nächste Woche."

„Bis bald." Sie wendet sich von ihm ab und geht in ihr Büro. Die Tür fällt ins Schloss.

Ehe Marie hinter ihrem Schreibtisch kommt, öffnet sich die Tür erneut. Paula steht in ihrem Rahmen. „Hast du es schon gelesen?"

„Was?" Marie greift nach ihrem Stuhl und nimmt Platz.

„Na die Mail."

„Muss ich erst."

Paula räuspert sich verachtend. „Erwarte nicht zu viel davon. Die Mail ist einmal verfasst und an jeden von uns geschickt worden. Die Anrede lautet: Sehr geehrte Damen und Herren."

„Hast du etwas anderes erwartet?"

„Nach der heutigen Nummer?" Paula überlegt kurz. „Nein nicht wirklich."

„Eben. Die Geschäftsleitung schert sich einen Dreck um uns." Sie lehnt sich gegen ihren Stuhl. „Für sie geht es nur ums Geld."

„Egal. Die Idioten können mich mal. Sollen sie doch auf ihrem Geldhaufen sitzen. Wegen denen, werde ich mir Weihnachten nicht verderben lassen."

„So ist es richtig!", bestärkt Marie ihre Anschauung.

Paula nickt. „Frohe Weihnachten, Marie. Wir sehen uns nächste Woche."

„Dir auch", erwidert sie. „Lass dich reich beschenken."

„Worauf du wetten kannst." Paula schließt die Tür.
Marie bleibt allein in ihrem Büro zurück. Für einen kurzen Augenblick überlegt sie die E-Mail zu lesen, verwirft den Gedanken jedoch. Alles, was sie wissen muss, hat ihr Heino schon gesagt. Im Endeffekt werden nur Ausflüchte und gestellte Lobeshymnen darin stehen, um dem Hassfeuer entgegenzusetzen. Sie fährt ihren Computer hinunter und kommt von ihrem Platz hoch. Nur noch nach Hause und alleine sein.
Auf dem Weg brütet Marie über die Ereignisse des heutigen Tages. Sie kam mit der Gewissheit zur Arbeit, dass sie wieder Überstunden machen und die nächsten Tage am Jahresrückblick arbeiten wird und nun? Nun ist sie arbeitslos. Ungläubig schüttelt sie ihren Kopf darüber, wie schnell sich ihr Leben geändert hat. All ihre Bemühungen waren umsonst. Sie steht wieder ganz am Anfang. Marie atmet schwer ein. Ihr Blick wandert durch die Fußgängerzone, um ihre tristen Gedanken zu zerrstreuen. Der Feinkostladen FuJiin fällt ihr ins Auge. Sie blickt auf ihre Armbanduhr. Es ist kurz nach zwölf. Wäre die Situation unverändert, würde sie in sechs Stunden aus der Arbeit kommen und genau 10 Minuten später den Laden betreten, um sich Sushi zu kaufen, wie jedes Jahr. Sie würde es mit nach Hause nehmen, und morgen während sie den Rückblick zusammenstellt, essen, wie jedes Jahr. „Wenn mir sonst nichts bleibt", flüstert sie sich zu und setzt ihren Fuß in den Laden.

Kapitel 3

FuJiin ist ein Feinkostladen mit zwei langen Schautheken an jeder Seite. Auf der einen befinden sich Salate und warme Gerichte in verschiedenen Ausführungen und auf der Anderen, Kaltspeisen inklusive Sushi. Marie geht rechts ab und stellt sich hinter einem Mann an. Während des Wartens begutachtet sie die Auslage. Die Theke ist voll von frischen Gerichten und Obst. Ihre Augen suchen vergebens nach dem Sushi.
„Guten Tag." Eine ältere Frau in weißer Bluse und schwarzer Hose richtet das Wort an sie. „Was darf es für Sie sein?"
Marie wendet sich ihr zu. „Ich hätte gerne die Sushibox mit Lachs und…."
Die Frau setzt einen zerknirschten Gesichtsausdruck auf. „Tut mir leid. Wir haben kein Sushi mehr. Wurde alles schon verkauft."
„Was?" Marie ist irritiert. „Auch kein Vegetarisches mehr?"
„Ich bedaure." Die Frau schaut auf die Auslage. „Darf es etwas anderes sein?"
Diese Erkenntnis trifft Marie schwer. Weder ihre Arbeit noch ihr alljährliches Sushi ist ihr geblieben. Auf nichts ist Verlass im Leben, selbst wenn es sich nur um eine Kleinigkeit wie ihr Essen dreht. „Können Sie nicht schnell eins machen?"
„Tut mir leid, nein." Die Verkäuferin lächelt

entschuldigend. „Möchten Sie etwas anderes?"
Die erneute Frage macht Marie zornig. „Ich möchte Sushi und nichts anderes."
Ihr harter Tonfall verschreckt die Frau. „Wie gesagt: Wir haben keines mehr."
Marie atmet schwer ein. „Warum sollte der Tag auch anders werden?", tadelt sie sich selbst.
„Wie bitte?"
„Nichts." Marie dreht sich zu der Frau hinter ihr um, die genervt durch das Warten wirkt. „Danke trotzdem." Ohne auf die Verkäuferin zu achten, macht sie sich auf dem Weg raus aus dem Laden. Obwohl es nur eine Banalität ist, zieht diese jedoch Marie noch mehr hinunter. Keine Arbeit und kein Sushi. Auf nichts ist Verlass. Nichts hat Stabilität. Eiligen Schrittes geht sie den Weg zurück, wovon sie am Morgen gekommen ist.
Vor der Eingangstür eines fünfstöckigen Miethauses, wo sie ein Apartment bewohnt, kommt sie zum Stehen. Ihre Hände suchen in der Tasche nach dem Briefkastenschlüssel.
Mit zitternden Fingern öffnet sie ihr Fach. Es liegt nur die Zeitung darin, die jeden zweiten Tag darin liegt und die nach Aussage von Heino Klausen, mehr Leser hat als Global-Welt-Geschehen. Das dünne Blättchen macht Marie zornig. Sie greift danach und stopft es sich in die Manteltasche. Eiligen Schrittes macht sie sich auf den Weg in den fünften Stock. Eine rothaarige, korpulente Frau im grauen Mantel fällt ihr ins Auge. Sie trägt mit einem grauhaarigen Mann, der eine Brille trägt einen Tannenbaum zu der Tür neben der Treppe.

„Hallo Antonia." Marie nickt dem Mann zu. „Mario."
„Marie?" Die Frau ist verwundert. „Was machst du denn hier? Solltest du nicht in der Redaktion sein?"
Marie verkneift es sich, ihrer Nachbarin die Wahrheit zu sagen. Wenn Antonia Bescheid weiß, hat sie nur allerhand Fragen. Fragen, die sie jetzt nicht beantworten kann und will. Sie will allein sein, mit sich und der Welt. Sie will Trübsal blasen und sich ihren verzweifelten Gefühlen hingeben, die sie sich schon so lange verkneifen muss. „Sollte ich? Werde ich." Marie zwingt sich zu einem Grinsen. „Ich habe nur etwas zu Hause vergessen."
„Oh." Antonia stellt den Baum ab, während ihr Mann die Wohnungstür aufsperrt. „Wie ungewöhnlich für dich."
„Naja, auch ich bin nur ein Mensch." Marie versucht ihr Lächeln beizubehalten.
„Ein Gewohnheitsmensch", schweift Antonia aus. Der Mann fasst nach der Baumkrone und verschwindet durch die geöffnete Tür. „Du vergisst nie etwas und bist nur am Arbeiten."
„Da ist etwas Wahres dran", bestärkt Marie sie.
„Solange es sich für dich auszahlt. Ich freue mich schon auf den Jahresrückblick."
Ein schmerzliches Stechen macht sich in Maries Brust bemerkbar. Sie atmet angestrengt ein und aus. „Alles in Ordnung mit dir? Du wirkst niedergeschlagen."
„Ach was." Marie winkt beschwichtigend ab. „Ich bin nur unter Zeitdruck und muss ins Büro zurück."
„Ach so." Antonias Gesichtszüge wirken nicht überzeigt

von Maries Antwort, so als ob sie die Lüge heraushören würde.
Bevor sie weiterfragen kann, schneidet Marie ein neues Thema an. „Wie ich sehe, seid ihr dieses Jahr mit eurem Weihnachtsbaum ziemlich spät dran."
„Überhaupt nicht", macht ihr Antonia klar. „Wir wollten ihn dieses Jahr erst so spät, damit er die Nadeln länger behält. Wir haben uns einen reservieren lassen."
„Geht das denn?"
„Warum denn nicht?" Antonia tritt einen Schritt näher zur Tür.
„Keine Ahnung. Davon habe ich noch nie gehört", gibt sie zu. „Bei uns zu Hause ist es zumindest nicht der Fall."
„Bei euch zu Hause!" Antonia winkt belustigt ab. „In Bayern steht doch alle Meter ein Tannenbaum. Wenn ihr einen wollt, müsst ihr nur vor die Tür gehen. Wir Stadtmenschen haben es da etwas schwerer."
„Höre ich da einen Funken Neid aus deinen Worten?"
„Wohl kaum", setzt Antonia dagegen. „Die viele frische Luft und das Grünzeug auf der Erde würde mich wahninnig machen."
Grünzeug?", wiederholt Marie.
„Na, das Zeug was wild wächst."
„Du meinst Gras", scherzt Marie halbherzig.
„Das Wort Gras, hat bei uns Stadtleuten eine andere Bedeutung, Liebes", witzelt Antonia.
Marie versucht ein Lächeln aufzubringen, aber es ist zwecklos. Ihre Gesichtszüge sind wie versteinert.
„Ist wirklich alles in Ordnung. Du wirkst betrübt."

„Es ist alles Ok." Sie wendet ihren Blick ab. „Wie auch immer. Ich bin wirklich spät dran und muss jetzt los."
„Okay, also dann frohes Schaffen und wir sehen uns die Tage bestimmt."
„Gewiss." Marie wendet sich von ihrer Nachbarin ab und geht zu der letzten Tür links.
Nachdem Marie die Wohnungstür aufgeschlossen hat, tritt sie ein und sperrt sie sorgsam ab. Endlich allein. „Oh verdammt." Sie lässt sich mit ihrem Rücken gegen die Tür fallen. „Verdammt, verdammt, verdammt."
„Hallo?", erklingt plötzlich eine Frauenstimme. Vor Schreck bringt Marie kein Wort über ihre Lippen. Wie gebannt starrt sie den langen Korridor entlang, mit jeweils drei Türen links und zwei rechts. Eine Frau im mittleren Alter, mit Kurzhaarschnitt und dicker grauer Weste erscheint im Flur. „Marie? Was tust du denn schon hier?"
Marie versucht abermals ihre Gefühle zu unterdrücken, die bald wie ein Damm zu brechen drohen. „Claudia. Ich habe ganz vergessen, dass du heute hier bist."
Die Frau wirkt irritiert. „Naja, es ist der Tag vor Weihnachten. Für dieses Jahr putze ich zum letzten Mal deine Wohnung. Wie jedes Jahr."
„Stimmt." Marie gibt sich gutgelaunt einsichtig. Sie lässt von der Tür ab und kommt ihrer Putzfrau entgegen. „Bist du schon fertig?"
„Ja", versichert die ihr und deutet auf das Regal neben ihr im Flur. „Ich habe meinen Mopp, den Putzeimer und die Reinigungsmittel verstaut, und wollte gerade gehen."

Maries Blick fällt in den Raum, zu ihrer rechten. Eine geräumige, schwarz-weiß gehaltene Küche mit Kochinsel verbirgt sich darin. Sie glänzt richtig. „Und wie immer hast du deine Arbeit perfekt gemacht." Etwas auf dem Tisch, in Alufolie eingewickelt, nimmt ihre Aufmerksamkeit ein. „Was ist das?" Sie geht darauf zu und hebt den Teller an.
„Plätzchen", stellt Claudia zufrieden fest. „Wir haben Tonnenweiße davon gebacken, und da du keine Zeit dafür hattest, dachte ich mir: Ich bringe dir welche mit."
„Sehr lieb von dir. Wie geht es deiner Tochter?"
„Andrea geht es gut. Sie ist ganz aufgeregt wegen morgen und kann es gar nicht mehr erwarten, endlich Geschenke auszupacken."
Marie lächelt wehleidig. „Schön, wenn man sich im Leben noch auf etwas freuen kann."
Die Aussage lässt Claudia stutzig werden. „Was ist los? Du wirkst etwas neben der Spur."
„Es ist alles gut. Ich muss mich nur über mich selbst ärgern", flunkert sie. „Ich hatte es heute Morgen so eilig, in die Arbeit zu kommen, dass ich wichtige Entwürfe zu Hause vergessen habe."
„Ach Herzchen", Claudias Tonlage ist mütterlich gestimmt. „Es gibt weiß Gott schlimmeres." Ihre Augen wandern zu ihrem Mitbringsel. „Außerdem hat es ein Gutes." Sie fasst danach. „Du kannst dir die Arbeit mit etwas Feinem versüßen und nicht immer mit diesem widerlichen, rohen Fisch."
Wieder muss sich Marie zu einem Lächeln zwingen. „Da kann ich dir nicht widersprechen." Sie nimmt

Claudia den Teller aus der Hand." „Danke nochmal."
Der Gedanke, dass dieses Jahr alles schief gegangen ist, was schief gehen konnte, kommt ihr mehr denn je in den Sinn. Sie will endlich allein sein und ihren Gefühlen freien Lauf lassen. „Wir sehen uns dann im neuen Jahr." Marie legt ihre Hand auf Claudias Schultern. „Frohe Weihnachten."

„Das werden wir." Sie schenkt Marie ein gutmütiges Lächeln. „Dir ebenfalls." Claudia verschwindet in der Tür links von ihr. Marie sieht ihr nach. Ihr Wohnzimmer mit weißer Couch, cremefarbenem Teppich, Flachbildschirmfernseher und einer kleinen DVD-Sammlung, befindet sich dahinter. Claudia greift nach der braunen Tasche auf dem Sofa. Sie kommt zurück und geht Richtung Wohnungstür. „Wenn du Lust und Zeit hast, könntest du am ersten Weihnachtsfeiertag zu uns kommen. Es gibt Hackbraten. Du bist herzlich eingeladen."

„Das hört sich wunderbar an." Marie spielt die Begeisterte. „Ich werde es mir überlegen, und wenn es die Zeit zulässt, spricht nichts dagegen."

„Es ist Weihnachten, Marie. Du wirst eine Stunde erübrigen können." Claudia holt aus ihrer Tasche eine grüne Wollmütze hervor. „Also bis dann!", verabschiedet sie sich und geht zur Tür. Bevor sie verschwindet, schenkt sie Marie ein liebevolles Lächeln. „Überleg es dir. Wir würden uns freuen, wenn du kommst." Die Tür fällt ins Schloss.

Maries Augen wandern ziellos durch die Wohnung. Sie ist allein mit sich und ihren Gedanken. Allein, um alles aufarbeiten zu können. Allein, um endlich ihren Gefühlen freien Lauf zu lassen. Marie atmet schwer ein. „Scheiße!" Mit ihrem Rücken fällt sie gegen die Wand. „Scheiße, scheiße, scheiße!" Sie hämmert mit der Hand gegen ihre Stirn, während sie die Wand entlang, hinunter zu Boden gleitet. Als sie unten angelangt ist, zieht sie ihre Füße an und legt ihren Kopf auf die Knie. „So ein Mist!" Mehrmals schlägt sie ihre Stirn gegen ihre Knie. „Mist, Mist, Mist." Marie schlägt sich ihre Hand vors Gesicht und heult los. Ihre Gedanken kreisen um den grauenvollen Morgen. Sie hätte alles erwartet, nur nicht das. Das Jahr ist zu Ende und sie ist ohne Job. All ihre Bemühungen waren umsonst. Die verbrachten Feiertage, die unzähligen Überstunden, ihr auf der Strecke gebliebenes Privatleben, einfach alles, was sie geopfert hat, ist für die Katz gewesen. Sie steht genau da, wo sie anfangs war. Was werden ihre Eltern und Geschwister sagen? Was werden die wenig ihr gebliebenen Bekannten sagen? Sie werden sagen, dass sie gescheitert ist. Sie werden sie bemitleiden, um die Tatsache, nichts zustande gebracht zu haben, auch wenn es nicht ihre Schuld ist. Marie krümmt sich zusammen und legt sich auf den Boden. Tränen laufen ihr über die Wange. Obwohl der harte Boden unbequem ist, fühlt sie sich zu schwach um aufzustehen. Sie lässt ihre ganze Verzweiflung heraus und weint lautstark los. „Warum gerade ich?" Ihr Blick geht zur Decke, als ob sie eine Antwort von ``Oben`` erwarten würde. „Was habe ich getan, um das zu verdienen?" Sie wälzt sich ausgiebig in ihrem Selbstmitleid. „Warum ich? Hätte ich nicht ein bisschen Glück im Leben verdient? Ist das wirklich zu viel verlangt?" Sie ballt eine ihrer Hände zur Faust und schlägt hart gegen den Holzboden. „Ist das wirklich zu viel verlangt von mir?" Wieder trifft ein Schlag den Boden. „Ich habe doch mein Bestes gegeben." Sie atmet schwer ein. „So ein Mist!" Es vergeht eine Ewigkeit, bis sich Marie einigermaßen beruhigt hat. Mit ihrer völligen Verzweiflung schläft sie ein.

Ein Klopfen schreckt sie aus einem unruhigen Schlaf. Orientierungslos blickt sie um sich. Es ist dunkel geworden. Wieder klopft es an der Tür. Marie rührt sich kein Stück. Egal wer vor der Tür steht, niemand soll sie so sehen. Sie will allein sein und ihre Ruhe haben. Erneut klopft es an ihrer Wohnungstür. „Geh doch einfach weg", keift sie im Flüsterton. Sie reibt ihre Augen, die durch ihr vieles weinen schmerzen. Gebannt wartet sie auf ein neues Klopfen, doch nichts. Für einige Sekunden verharrt sie in ihrer Position, um kein Geräusch nach außen dringen zu lassen. Nachdem es minutenlang nicht mehr geklopft hat, steht sie vom Boden auf. Erst jetzt fällt ihr der Schmerz in ihrem Rücken auf, der von dem harten Holzparkett stammt. Sie reibt sich die pochende Stelle, während die andere Hand nach dem Lichtschalter in der Dunkelheit sucht. Als das Licht angeht, hat Marie sicheren Halt unter ihren Füßen. Sie schaut auf ihre Armbanduhr. Es ist nach 22 Uhr. Ihre Stirn liegt in Falten, bei dem Gedanken, fast 8 Stunden am Boden gelegen und vor sich hingeheult zu haben. Etwas benommen macht sie sich auf den Weg in ihr großes Bad mit Dusche, Badewanne und zwei Spiegeln. Vor einem davon, hält sie inne. Ihre Hände verkeilen sich am Rand des Waschbeckens. Mit Adleraugen mustert sie ihr Gesicht. Ihr ganzes Make-up ist verlaufen und sie hat einen Abdruck von ihrem Handrücken im Gesicht, dazu ist sie kreideweiß. Sie sieht mehr als nur fertig aus. Ihre Augen liegen ausdruckslos, fast wie tot in ihren Höhlen. Wieder kommt Marie ihre Arbeit in den Sinn. „Alles war umsonst. Ich hätte in den Urlaub fahren, oder Party machen können, anstatt jeden Tag, vierzehn Stunden zu arbeiten." Ein wehleidiges Räuspern widerfährt ihr. „Ich habe wirklich nichts aus meinem Leben gemacht." Ihre Augen fallen auf die Badewanne, die sich im Spiegelreflektiert. „Vielleicht geht es mir nach einem langen Bad besser." Sie lässt vom Waschbecken ab und schält sich aus ihren Klamotten. Halbherzig schiebt sie ihre Sachen mit dem Fuß zur Seite, während sie sich ein Bad einlässt. Das Wasser ist angenehm und wohltuend in den ersten Minuten. Marie atmet tief ein, um den Geruch von Lavendel und Rosenblüten, der von ihrem Badezusatz stammt, aufzunehmen. Entspannung breitet sich in ihrem Körper aus. Im ersten Moment scheint es, als ob ihr Ablenkungsmanöver erfolgreich wäre, doch sobald sich ihre Sinnesorgane an den köstlichen Duft gewöhnt haben, fällt sie in ihr altes Muster zurück. Ihre Gedanken gehen jedes Detail der letzten Monate durch. War das Aus für Global-Welt-Geschehen, wirklich so überraschend? Konnte oder wollte sie das Ende nicht wahrhaben? Nach eingehender Selbststudie ist sich

Marie sicher: Das Ende war nicht abzusehen.

„Was mach ich jetzt nur?", befragt sie sich selbst. Wieder benetzen Tränen ihre Augen. Sie kann sich ihr versagen auf ganzer Linie, gar nicht oft genug selbst eingestehen. Sie war sich ihrem Lebensweg so sicher, sie wusste genau, wo er hingehen sollte und jetzt steht sie vor den Trümmern ihrer Existenz. Es ist ein herber Rückschlag, den sie einstecken muss. Sie war wie besessen, arbeitete wie eine Wilde, um dann leer auszugehen. Ihr ganzer Fleiß hat sich nicht ausgezahlt. Ihr ganzes Leben war mit Arbeit ausgefüllt, wovon ihr jetzt nichts geblieben ist. Sie ist in einer großen Stadt mutterseelenallein, ohne einen Hauch von Hoffnung. Ein leises Wimmern widerfährt ihr. Tränen gleiten erneut über ihre Wangen. Sie ist so aufgebracht, dass es ihr schwer fällt, durch die Nase zu atmen. Sie öffnet ihren Mund und holt tief Luft. Wasser sammelt sich in ihrer Mundhöhle. Verschreckt wacht sie aus ihrer Lethargie hoch. Ohne es zu bemerken, hat sich die Wanne bis kurz vor den Beckenrand gefühlt. Durch ihre rasche Bewegung schwappt das Wasser über den Wannenrand. Für einen kurzen Moment, hält sie inne, bis das Plätschern verebbt und es wieder ruhig um sie geworden ist. Ihre Augen betrachten die Wasseroberfläche, von der ein kleiner Teil mit Schaum überzogen ist. Ihr ist nichts geblieben. Sie hat nichts erreicht. Was würde es schon ausmachen, wenn sie tot wäre? Ihr Gedanke lässt sie erschauern in den ersten Sekunden. Ihre Atmung ist kurz und angespannt. Plötzlich ist da eine andere Empfindung. Ein Gefühl von Erleichterung. All ihre Probleme hätten ein Ende. All ihre Probleme würden verschwinden. Sie wären uninteressant und ohne Bedeutung wenn…

Ohne weitere Sekunden verstreichen zu lassen, gleitet sie mit ihrem Kopf vorsichtig der Wasseroberfläche entgegen, bis sie komplett darin verschwindet. Mit geschlossenen Augen und der Luft anhaltend, wartet Marie. Sie wartet darauf, dass ihr die Luft ausgeht. Dass sich ihre Lungen mit Wasser füllen. Dass sie stirbt. Es ist komisch, denn sie empfindet weder Angst noch Reue. Ihr Vorhaben fühlt sich richtig an, als ob es in Ordnung ist. Wenn andere schon ihre Karrierelaufbahn bestimmen, kann sie zumindest ihr Leben bestimmen und sie entscheidet sich für diesen Weg. Für den einzigen ihr richtig erscheinenden Weg. Je mehr Sekunden verstreichen desto schwerer fällt es ihr die Luft anzuhalten. Lass los Marie! Spornt ihre innere Stimme sie an. Worauf wartest du? Öffne deinen Mund! Atme ein! Marie gibt ihren inneren Impuls nach und atmet scharf durch die Nase ein. Im selben Augenblick sticht es in ihrer Brust. Es brennt wie Feuer, es ist eine Qual, ein Schmerz, den sie nicht erwartet hat. Es fühlt sich an, als ob ein Damm brechen würde und nichts kann ihn aufhalten. Es fühlt sich nach ersticken an!!!!!

Mit ihren Händen sucht sie nach dem Wannenrand. Mit einem Ruck zieht sie sich rauf. Sie keucht unruhig und ruckartig. Ihre Hände verkeilen sich am Wannenrand mehr denn je. Durch die geschlossenen Augen hört sie das Wasser, welches auf den Boden schwappt. Panisch keucht sie weiter wie verrückt. Es vergehen Minuten, bis sie sich einigermaßen beruhigt hat und ihre Atmung ihren gewohnten Gang einnimmt. „Bist du bescheuert?", keift sie sich an und gibt sich eine Ohrfeige. „Was hast du dir nur dabei gedacht?" Wieder trifft ein Schlag ihre Wange. Wutentbrannt lässt sie von sich ab und fasst nach dem Stöpsel der Badewanne. Sie zieht ihn heraus. Während das Wasser weniger wird, bleibt sie darin regungslos liegen. Sie ist schockiert, über die Tatsache, gerade Selbstmord begehen zu wollen. Marie schließt ihre Augen und versucht an all das Gute in ihrem Leben zu denken, doch da gibt es nichts. Ihre Familie ist kilometerweit entfernt und sie hat keine richtigen Freunde. Sie hat nichts, bis auf die Arbeit. Ein sarkastisches Lachen dringt zwischen ihre Lippen hervor. Sie lacht lautstark, während sich wieder Tränen der Verzweiflung in ihren Augen ansammeln. Ihre Aufmerksamkeit fällt auf den Wasserhahn. Mit ihrer Rechten greift sie danach. Sie hält am Griff inne. „Willst du das wirklich?" Marie ist ungläubig. Beim ersten Mal hat es schon nicht geklappt, warum sollte es jetzt funktionieren? Ihre Augen wandern an ihrem nackten Körper herab. „Nein will ich nicht", antwortet sie bestimmt. „Zumindest nicht so." Wie in einem Traumzustand steigt sie aus der Wanne und tritt zum Spiegel vor. Sie begutachtet ihr Antlitz. Sie sieht wie ein begossener Pudel aus. „Nein nicht so. Ich will nicht so gefunden werden. Ich habe mit Stil gelebt und so will ich auch sterben." Geistesabwesend holt sie ein Badetuch aus einem der beiden Schränke neben ihr und trocknet sich ab. Mit dem Tuch bekleidet, geht sie in ihr

Schlafzimmer. Ihre Augen fallen auf den großen Kleiderschrank, von dem eine Tür offen steht. Eilig holt sie sich eine graue Jeans und ein weißes Trägertop daraus. Nachdem sie sich angezogen hat, studiert sie ihre restlichen Klamotten. Bei einem schwarzen, ärmellosen Kleid bleibt sie hängen. Ohne weiter nachzudenken, nimmt sie es vom Haken und legt es auf ihr Bett.
Zurück im Bad, macht sie sich über ihren Föhn her. Mit beängstigender Ruhe trocknet sie ihre Haare und bürstet sie sanft. Nachdem sie damit fertig ist, nimmt sie ihr Glätteeisen zur Hand. Sorgsam macht sie sich an jeder Haarsträhne ihres Kopfes zu schaffen. Jede Kleinigkeit soll stilvoll und perfekt sein. Ihre Hand fasst nach dem fein säuberlich geordneten Make-up, welches in einem der Regale aufgereiht ist. Marie legt dezent Liedschatten auf und hellroten Lippenstift. Mit dem Puder fährt sie die Konturen ihres Gesichts nach. Für den Feinschliff gibt sie noch etwas Wimperntusche auf ihre Lieder. Nachdem Marie fertig ist, mustert sie sich noch einmal eingehend. Ein kleines Lächeln zeigt sich auf ihrem Gesicht bei der Feststellung, dass alles perfekt ist. Ihre Aufmerksamkeit wandert auf die Parfums, die unter dem Spiegel auf einem Brett aufgereiht sind. Wohlbedacht greift sie nach einem durchsichtigen Fläschchen mit rosa Inhalt. Plötzlich beginnen ihre Hände zu zittern. Die Gewissheit jetzt Selbstmord zu begehen, wird ihr mehr denn je bewusst. Sie versucht die aufkeimende Panik und Verzweiflung zu unterdrücken. „Reiß dich am Riemen, Marie. Es gibt

keinen anderen Ausweg. Du musst es tun." Marie verteilt ihr Parfum auf ihrem Hals und den Armen. Ein süßer Duft von Jasmin steigt ihr in die Nase. Mit größter Vorsicht legt sie das Fläschchen zurück. Ihre Hände zittern immer noch. Sie ignoriert es und geht aus dem Bad. In der Küche fällt ihr Blick auf den eingepackten Teller, den Claudia mitgebracht hat. „Ich sollte ihr einen Brief schreiben", kommt es Marie. Sie sucht nach einem Blatt Papier, in einen der Schubladen unter der Kochinsel. Unter einem Haufen Kochbücher wird sie fündig. Sie zieht ein weißes Blatt und einen Kugelschreiber hervor. Sie legt beides neben dem Teller ab und hält inne. „Doch was habe ich ihr zu sagen?" Ihr Blick wandert zum großen Fenster ihr gegenüber. In den angrenzenden Hochhäusern brennt Licht. Marie kneift ihre Augen zusammen, um Genaueres zu erkennen. Durch die Fenster erkennt man Familien, die anscheinend gerade den Weihnachtsbaum schmücken, oder auf der Couch sitzen und TV schauen. Sie scheinen alle glücklich zu sein. Glücklicher als Marie es jemals war, seitdem sie in Berlin wohnt. Mehr denn je fühlt sie sich einsam und verlassen. Sie hat niemanden mehr und wird auch keinem fehlen. Sie wendet sich wieder ihrem Papier zu. Ohne groß zu überlegen, schreibt sie sechs kleine Worte.
Danke für deine tolle Arbeit jahrelang.
Nachdem sie den Brief abgeschlossen hat, holt sie aus dem Schlafzimmer ihr Portemonnaie. Sie nimmt Claudias Lohn und ein großzügiges Trinkgeld daraus. Fein säuberlich faltet sie den Brief mittig zusammen

und legt das Geld hinein. Für einen kurzen Moment hält sie inne und betrachtet den eingepackten Teller. Sie sollte sich von ihrem Vorhaben nicht ablenken lassen und außerdem bringt sie im Moment eh nichts hinunter. Sie geht an ihren Kühlschrank und holt eine Flasche mit klarer Flüssigkeit hervor. Sie liest das Etikett. „Marossnoff. 39 Prozent. Das müsste reichen." Sie geht mir der Flasche und einem Glas aus der Küche ins Schlafzimmer zurück. Bevor sie sich ans Bett setzt, füllt sie ihr Glas bis zum Rand. Sie stellt die Flasche ab und nimmt auf ihrem Bett Platz. Ihre Hand fasst nach dem ersten Fach ihres Nachttischschränkchens. Sie holt eine blaue Dose hervor und studiert sie eingehend. Wieder räuspert sie sich abfällig. „Soweit ist es also mit mir gekommen. All die Jahre habe ich mich mit Tabletten vollgepumpt, da ich sonst nicht schlafen hätte können und jetzt sind sie sogar mein..." Ein Klirren unterbricht sie. Das bekannte Geräusch lässt sie erstarren. Es hört sich nach dem klingeln eines Glöckchens an. Es hört sich nach demselben Glöckchen an, dass ihre Mutter immer verwendet hat, als sie noch klein war um die Bescherung einzuläuten.

„Was?" Marie wirkt ungläubig und irritiert. Kurz horcht sie der Stille, doch nichts erfüllt den Raum. Weder der Klang einer Glocke noch sonst etwas. Marie schüttelt nur ungläubig ihren Kopf. Sie wendet sich wieder der Dose zu. Als sie den Verschluss davon öffnet, ertönt erneut der helle Klang. Misstrauisch legt sie die Packung beiseite und steht vom Bett auf. Vollkommen verwundert geht sie aus dem Zimmer.

Wachsam blickt sie um sich. „Woher kommt dieses Geräusch?" Ihre Ohren lauschen doch wieder Fehlanzeige. Es ist weder am Gang noch in den Nachbarwohnungen, die angrenzen, etwas zu hören. Als Marie sich wieder in ihr Schlafzimmer zurückziehen will, ertönt ein stumpfes Geräusch. Mit leisen Schritten geht sie in ihr Wohnzimmer. „Hallo?", piepst sie, doch nichts. Sie blickt um sich. Es hat sich nichts verändert. Alles ist beim Alten. Bevor sie jedoch aus dem Zimmer gehen will, trifft ein kühler Luftzug ihren Nacken. Völlig irritiert schaut sie auf die offenstehende Balkontür. Skeptisch beäugt sie diese. Vorhin war die doch geschlossen!

Sie geht auf die Glastür zu. Bevor Marie sie jedoch schließt, kommt ihr etwas anderes in den Sinn. Wenn sie schon ihrem Leben ein Ende setzen will, dann sollte es perfekt sein. Sie tritt auf den Balkon und hält sich am Geländer fest. Mit Adleraugen betrachtet sie ihr Umfeld. Die Nacht ist klar und Sternenreich. Der Mond strahlt so hell, dass sie jede Kleinigkeit in der Dunkelheit erkennen kann. Obwohl es kalt ist, senkt sich eine angenehme Ruhe in ihr. Diesen Moment sollte sie sich bewahren. Es wird ihr Letzter sein. Beherzt atmet sie ein. Die Luft ist frisch und wohltuend. „Wie sehr werde ich diese Aussicht vermissen." In diesem Augenblick stellt Marie selbstsicher fest, einen der besten Momente in ihrem Leben zu erleben. Obwohl es nichts Besonderes ist, wirkt es auf sie so. Es wirkt, als ob sie zum ersten Mal diese Aussicht erblickt. Als ob sie zum ersten Mal atmen würde. Unermessliche Trauer keimt in ihr auf.

Kapitel 4

„Wunderschön nicht wahr?" Erklingt plötzlich eine Frauenstimme an Maries Ohr.
„Was?" Verwundert dreht sie ihren Kopf von links nach rechts. Mit Adleraugen späht sie durch die Dunkelheit.
„Wer ist da?"
„Das ist genau das Problem an euch Menschen: Ihr wisst die wichtigen Dinge eures Lebens erst zu schätzen, wenn es zu Ende geht", redet die Stimme unbekümmert weiter.
Marie fasst nach dem Geländer des Balkons und lehnt sich darüber, um auf die anderen unter ihr blicken zu können, doch Fehlanzeige: Es ist niemand zu sehen.
„Hallo?"
„Hier oben!", antwortet ihr die Stimme.
Was heißt >Hier oben<?? Was soll das bedeuten?? Es gibt kein oben. Ich wohne im fünften und letzten Stockwerk. Es gibt kein Weiteres. Über mir ist nur noch das Dach. Völlig verwirrt dreht sie sich um und schaut hinauf. Sofort erstarrt sie vor Schreck. Keine drei Meter entfernt von ihr, sitzt eine Frau am höchsten Punkt des Daches und grinst sie an. „Oh mein Gott!" Marie schnappt entsetzt nach Luft.
„Ist es nicht so?" Die Frau schaut sie interessiert an. „Familie, Freunde, einfach alles, was ein Leben füllt und es lebenswert macht, wird euch erst richtig bewusst, wenn ihr sterbt." Marie ist so perplex bei dem Anblick, dass sie keinen Ton herausbringt. Der Schock sitzt

immer noch zu tief. Die Unbekannte kommt von ihrem Platz an der Spitze des Daches hoch. „Was für eine Verschwendung, dass ihr den Freitod als einzigen Ausweg seht, wo es doch so viel Schönes in der Welt gibt."
„Vorsicht", piepst Marie, die ihre Stimme wieder gefunden hat. „Nicht dass du fällst."
„Ich?" Die Frau legt ihre Hand auf die Brust. „Fallen?" Ein lautes und sarkastisches Lachen widerfährt ihr. „Mach dir um mich keine Sorgen. Ich komme zurecht. Kümmere dich lieber um dich."
„Was meinst du damit?", hakt Marie nach.
Die Fremde legt ihren Kopf missbilligend schief. „Du weißt, wovon ich rede." Marie zuckt nichtsahnend mit den Schultern. „Ich rede von deinem Selbstmord." Maries Augen weiten sich verwundert. Woher weiß sie das? „Ich bitte dich: Dein schönstes Kleid auf dem Bett, die volle Dose Schlaftabletten und das hochprozentige Getränk auf deinem Nachtschrank." Maries Augen weiten sich ungläubig. „Ja ich weiß Bescheid."
„Aber wie...???" Die Aussage der Unbekannten macht sie erneut sprachlos.
„Wie das möglich ist?", vollendet die Frau ihren Satz. „Nun ja, wäre ich sonst hier?"
Was soll diese Andeutung? Was will ihr die Fremde damit sagen? Unbehagen macht sich in Marie breit. „Wer bist du?"
Die Lippen der Unbekannten ziehen sich zu einem sanften Lächeln. „Ich bin dein Schutzengel oder deine gute Fee. Welche Bezeichnung dir lieber ist. Es gelten

beide."

„Meine gute Fee??", wiederholt Marie. Ungläubig schaut sie zu ihr hinauf. „Soll dass ein Scherz sein?"

„Nein, durchaus nicht", gibt die ihr zu verstehen.

Klar! Meine gute Fee! Ein abfälliges Räuspern widerfährt Marie bei dem Gedanken, dass es so etwas geben soll.

„Du glaubst mir wohl nicht, was?", wirft die Frau selbstsicher ein. Ohne auf Maries Antwort zu warten, geht sie einen Schritt vor.

„Nein nicht!" Marie hält sich vor Schreck die Hand vor den Mund. Einem inneren Impuls folgend, schließt sie verängstigt ihre Augen. Mit gespitzten Ohren, wartet sie auf einen Schrei oder dem Geräusch eines Aufpralls, doch nichts, außer den bekannten Stadtgeräuschen der Nacht, ist nichts zu hören. „Oh mein Gott", flüstert Marie nach einigen Sekunden und schlägt ihre Augen wieder auf. Ihr Puls rast wie von Sinnen. Mit Adleraugen spät sie über ihr Balkongeländer zu dem Hinterhof, des Mietshauses, in dem sie wohnt hinunter. Es ist jedoch zu dunkel, um Genaueres zu erkennen. Ratlosigkeit macht sich in ihr breit. Was war das?

Habe ich geträumt? Werde ich verrückt? Marie lehnt sich wieder zurück, doch bevor sie das Ganze als Hirngespinst abtun kann, schießt ihr ein über beide Ohren strahlendes Gesicht entgegen. „Kuckuck!"

Entsetzt weicht sie zurück und schlägt gegen die Hauswand. Ihr ganzer Körper zittert, als sie mit großen Augen, die Frau vor ihr anstarrt, die gerade noch auf dem Dach gesessen hat und nun über dem

Balkongeländer schwebt. „Was...?" Marie beobachtet die Unbekannte bis ins kleinste Detail. Die Frau ist höchstens einen Meter groß und trägt ein pompöses, glitzerndes weißes Kleid, das ihr bis zu den Füßen reicht. Ihre Haare sind lockig, hellbraun und schulterlang. „Wer bist du?" Maries Stimme ist aufgebracht durch ihre Erscheinung. Sie reibt sich ihre Augen, da sie immer noch annimmt alles zu träumen.

„Ich habe dir schon gesagt, wer ich bin." Das Grinsen der Unbekannten hält an. „Ich bin dein Schutzengel, deine gute Fee. Mein Name ist Novellin oder auch Elli."

„Wirklich?", setzt Marie misstrauisch nach.

Die Fremde nickt mehrmals.

„Novellin?", fragt Marie nach.

„Ja", bestätigt die ihr. „Du darfst mich aber gern Elli nennen."

„Und...du...bist...mein...Schutzengel,...meine... gute...Fee...?", stammelt Marie weiter.

„Ja", versichert Novellin ihr. „Stets zu diensten."

Misstrauisch beäugt Marie sie. So hat sie sich eine Fee nicht vorgestellt. „Wo sind deine Flügel?"

„Da wo sie hingehören!" Novellin schüttelt ihre Schultern.

Marie geht einen Schritt zur Seite und versucht über die Schulter der Fee zu schauen, die unweit vor ihr schwebt. „Ich kann keine erkennen."

„Dann komm näher. Ich beiße nicht." Marie fasst sich ein Herz und gibt nach. Mit großem Bedenken tritt sie näher heran. Im ersten Moment ist nichts zu erkennen. Es befinden sich keine Flügel an Novellin. Mit einem

fragwürdigen Ausdruck im Gesicht wandern ihre Augen zu der Fee, die immer noch lächelt. „Oh! Du bist wirklich ein harter Brocken", entgegnet die ihr. „Gib mir deine Hand."
Marie ist skeptisch. Sie versteckt ihre Hände in den Hosentaschen. „Was willst du damit?"
„Gib sie mir und du wirst es sehen." Novellin´s gute Laune hält weiter an.
Nur widerwillig tut Marie, was sie verlangt. Wie in Zeitlupe reicht sie dem Lockenschopf ihre Linke. Novellin´s Grinsen wird breiter denn je. Sie umfasst mit ihren kleinen Händchen die von Marie und im selben Augenblick, beginnt ihr ganzer Körper zu leuchten. Marie will vor Schreck zurückweichen, doch die Fee packt einen ihrer Finger und hält sie davon ab. „Sieh hin!"
Marie verharrt in ihrer Stellung, mit ihren geweiteten Augen, schaut sie hinter Novellin und da sind sie: Zwei leuchtende Flügel, die der Fee bis zur Hüfte und noch einen knappen Kopf über ihre Wuschelmähne gehen. Wie gebannt starrt sie die Form davon an. Ein warmes und überglückliches Gefühl macht sich in ihr breit. In diesem Moment könnte sie die ganze Welt umarmen vor Freude. So etwas hat sie noch nie gesehen oder erlebt. Marie hielt Wunder für ein Ammenmärchen, doch es scheint sie wirklich zu geben. Wenn sie dieses Hochgefühl, heute Morgen bei der Weihnachtsfeier gehabt hätte, wäre sie nie zu dem Entschluss gekommen, ihrem Leben ein Ende zu setzten. Wozu auch, wenn es so was Wundervolles darin gibt. Maries

Aufmerksamkeit wandert zu ihrer Hand, von der Novellin immer noch einen Finger hält. „Wahnsinn", stellt sie fest, da ihr Finger unter der Berührung der Fee leuchtet.
„Ich weiß", stellt Novellin selbstsicher fest. „Glaubst du mir jetzt?" Marie ist vollkommen perplex, sie nickt nur. „Schön." Sie lässt von ihr ab und im selben Moment erlischt das Leuchten. Dunkelheit breitet sich wieder um die beiden aus und das Hochgefühl, was Marie empfunden hat, ist ebenfalls verschwunden. Novellin wendet sich ab und fliegt vom Balkon weg. Nach drei Metern dreht sie sich wieder zu Marie um. Sie legt eine Hand an ihr Ohr und lauscht der Stille. „Gerade noch rechtzeitig geschafft, dich zum Glauben zu bringen", redet sie unbeirrt weiter.
„Für was?", setzt Marie nach und spitzt ebenfalls ihre Ohren. Das Einzige, was sie hört, ist der sanfte Windhauch, das Rascheln der Blätter und die vereinzelten Autos.
„Für was!", wiederholt Novellin spöttisch und schwebt im Eiltempo auf sie zu. Kurz bevor sie jedoch gegen Maries Gesicht knallt, hält sie inne. „Ich nehme dich mit."
Diese Aussage verwirrt Marie. „Wohin?"
„Auf eine Reise durch die Zeit", entgegnet sie ihr. „Besser gesagt zeige ich dir, was passiert, wenn du den Schritt wagst und deinem Leben ein Ende setzt." Marie hat keinen Schimmer, was Novellin damit sagen will. Mit einem dümmlichen Ausdruck im Gesicht starrt sie die Fee an. „Du wirst schon sehen, was ich meine." Sie

hebt ihren Kopf und klatscht freudig in die Hände. „Er ist da! Er ist da!"
„Wer?", bringt Marie aufgebracht hervor.
„Na unsere Mitfahrgelegenheit!", schreit sie begeistert und im selben Moment erhellt erneut ein Leuchten die Dunkelheit. Es stammt aus den Fenstern des Nachbarhauses. Marie kneift die Augen zusammen, um besser erkennen zu können, was sich hinter der Glasfront verbirgt. Die Lichter leuchten wie Scheinwerfer aus dem fünften Stock und werden immer größer. Ein dröhnen ertönt in der Dunkelheit und plötzlich bricht aus dem Nachbarhaus etwas Großes, Schwarzes auf Rädern mit einem rauchenden Kamin. Marie hechtet zurück zur Wand. Sie reibt sich ungläubig die Augen. „Das ist doch unmöglich!" Ihre Aufmerksamkeit gilt der Führerlok und den Waggons, die folgen. Bis sie vor Maries Balkon zum Stehen kommen, sind es schon vier Wagen. Obwohl es leicht zu erkennen ist, dass es sich um eine wunderschöne, klassische Lokomotive handelt, die man so nur noch in Museen sieht, braucht Marie einen Moment um es zu realisieren. Die einzelnen Waggons sind wie die Lokomotive selbst, schwarz und die Fenster sind außen mit Lichterketten geschmückt, die leuchten, darin kann man Menschen sitzen sehen.
„Genau pünktlich. Wie zu erwarten." Novellin hält vor der Einsteigemöglichkeit inne und wendet sich Marie zu. „Wollen wir?" Marie rührt sich keinen Fleck. Die schwebende Lokomotive nimmt ihre ganze Aufmerksamkeit ein. Die Fee grinst nur und streckt ihre

Hand aus. „Du musst es sehen, welch Schaden dein Ableben bei den Menschen, die dir am Nächsten stehen, anrichtet."

„Aber…?? Das ist ein schwebender Zug! Du bist eine Fee!" Die Fassungslosigkeit ist Marie ins Gesicht geschrieben.

„Du hast nichts mehr zu verlieren." Die Fee schenkt ihr ein mildes Lächeln. „Vertrau mir einfach." Marie blickt verwirrt um sich. Den Abend hat sie sich wirklich anders vorgestellt. Zum jetzigen Zeitpunkt würde sie wohl schon im Bett liegen und vollgepumpt mit Medikamenten sein. „Marie!", ist da wieder Novellins Stimme, die sie aus ihren trüben Gedanken reißt. Soll sie der Einladung folgen?

Obwohl sie sich ihrer Sache nicht ganz sicher ist, geht Marie schweren Schrittes auf Novellin zu. „Gut. Zeig mir was die Tage bringen werden."

Novellin nickt. „Du wirst es nicht bereuen." Sie packt Maries Hand und zieht sanft daran. Marie rührt sich kein Stück. Mit beiden Beinen steht sie immer noch fest am Boden. Verwundert starrt sie Novellin an.

„Ein wenig musst du schon mithelfen", rügt die Fee sie.

„Und wie?"

„Du musst Glauben. Glauben versetzt bekanntlich Berge. Du musst an mich und an das, was du hier siehst glauben." Ihre Finger deuten auf den Zug.

„Das ist nicht schwer", erwidert Marie trocken.

„Ach wirklich?"

„Ja. Es ist schier unmöglich, nicht daran zu glauben, wenn man es direkt vor der Nase hat."

„Vielleicht glaubst du nicht fest genug daran", setzt sie dagegen. „Gib dir etwas Mühe."
„Ok", flüstert Marie und schließt ihre Augen. Ihre Erinnerungen kreisen um die letzten Minuten. Sie denkt an den fliegenden Zug, der ohne Schienen durch die Nacht fährt, an Novellin, die ein Schutzengel, eine Fee ist und an das Hochgefühl, dass sie durch ihre Berührung empfand. Warum empfindet sie es jetzt bloß nicht??
„Geht doch", hört sie Novellin zufrieden sagen.
Marie schlägt ihre Augen auf und schaut an sich herab. Ihr Atem stockt, als sie feststellt, dass sie keinen Boden mehr unter ihren Füßen hat. „Oh mein Gott! Ich fliege!" Ungläubig fuchtelt sie mit ihren Füßen in der Luft herum. „Ich fliege, es ist nicht zu fassen."
„Doch ist es." Novellin zieht Marie sanft mit sich über die Stufen der Einsteigemöglichkeit. „Mach dich auf eine Nacht gefasst, die du nie mehr vergessen wirst."
„Ok", haucht Marie nur, die immer noch vollkommen benommen ist.
Vor einer braunen Holztür, zum ersten Abteil, kommt Marie zum Stehen, Novellin jedoch, fliegt weiter auf Augenhöhe neben ihr. Sie löst ihre Hand von Marie. „Den schwierigen Teil hätten wir." Ihr Blick fällt auf Maries verängstigtes Gesicht. „Mach dir keine Sorgen. Lass dich einfach auf das hier ein. Ok?" Marie nickt unbeholfen. „Na dann!" Mit einer fließenden Handbewegung von Novellin, geht die Tür wie von selbst auf. „Willkommen im Zug der Wunder!"
Marie bleibt wie angewurzelt stehen und betrachtet den

Raum des Waggons vor ihr.
Von den Fenstern aus, befinden sich auf jeder Seite jeweils zwei Sitzplätze mit weinroten Bezügen und wo der Gang durch die einzelnen Reihen führt, hängt ein auf den Kopf gestellter Weihnachtsbaum von der Decke herunter, der mit silbernem Lametta und roten Kugeln geschmückt ist. Die Lichterkette davon, leuchtet weiß. Ein Duft von Plätzchen und heißem Glühwein liegt in der Luft, während sanfte Klaviermusik, die sich nach einem Weihnachtslied anhört, den Raum erfüllt. Das Szenario wirkt zu idyllisch und friedlich auf Marie. Sie schließt ihre Augen und kneift sich in die Schulter.
„Wie oft denn noch?", fragt die Fee rhetorisch. „Du träumst nicht. Alles, was du siehst ist real."
„Naja, ein Versuch war es wert", gibt Marie auf und beschließt nun alle Zweifel beiseite zu schieben. „Ich werde jetzt damit aufhören und mich darauf einlassen." Novellin mustert sie wachsam. „Wirklich. Ich werde nichts mehr infrage stellen, egal, mit was du mich konfrontierst. Ich schwöre es." Sie macht ein Kreuzzeichen auf ihre Brust.
„Gut." Sie fliegt voraus, durch die geöffnete Tür. „Folge mir."
Marie kommt ihr eilig nach. Während sie hinter Novellin hertrottet, fällt ihr Blick vereinzelt auf die besetzten Sitzflächen links und rechts. Menschen jeder Altersgruppe kommen ihr entgegen und neben ihnen sitzen Wesen wie Novellin eines ist. Bei einer alten Frau, sitzt ein kleines Kerlchen in Frack und Zylinder und bei einem Mann mittleren Alters, ist es eine Fee, die in einer

eleganten schwarzen Robe gekleidet ist. Sie alle sind so in ihre Gespräche vertieft, dass keiner von ihnen Marie Beachtung schenkt.

„Da ist ja unser Platz", dringt Novellins Stimme durch Maries Gedanken. Sie richtet ihre Aufmerksamkeit wieder auf die Fee vor ihr. Novellin deutet zu den beiden Sitzen links von ihr, in der letzten Reihe, auf deren Rückenlehnen Marie Helm steht.

„Da steht mein Name drauf", stellt sie fest.

„Ja, natürlich", meint Novellin nur und übergeht ihren irritierenden Gesichtsausdruck. „Willst du am Fenster sitzen?"

Marie zuckt mit ihren Schultern. „Mir egal."

„Ok", antwortet die Fee ihr und lässt sich auf den Sitz neben dem Fenster nieder. „Setzt dich."

Ohne ein Wort, nimmt Marie neben ihr Platz. Ihre Augen wandern zu dem Weihnachtsbaum an der Decke, dessen Lichter plötzlich rot sind. „Ähm..., Novellin nicht wahr?"

„Nenn mich Elli", bietet die ihr an.

„Elli", wiederholt Marie. „Hat es einen besonderen Grund, warum der Baum auf einmal rot leuchtet?" Mit ihrem Zeigefinger deutet sie auf die Tanne.

„Das bedeutet: Jemand steigt ein."

„Jemand?"

„Jemand wie du und ich. Ein Mensch und sein Schutzengel eben."

„Oh!" In diesem Moment geht Marie ein Licht auf. Obwohl es auf der Hand liegt, was die übrigen Fahrgäste beweisen, muss sie ihren Gedankengang

aussprechen. „Ich bin nicht die Einzige heute Nacht, die Besuch von einem Wesen wie dir erhalten hat."
„Leider nicht", entgegnet Novellin ihr missmutig. „Weihnachten und Silvester laufen wir auf Hochtouren. Es sind die schlimmsten Tage im Jahr für Menschen, wie du einer bist, der nur einen Ausweg sieht. Zu dieser Zeit fühlt ihr euch mehr denn je allein und zurückgelassen."
„Also sind wir alle aus demselben Grund hier."
„Ja. Ihr Menschen wollt Selbstmord begehen und wir Feen wollen euch davon abhalten."
„Indem ihr uns zeigt, wie unser Umfeld mit unserem Tod umgeht."
„Genau." Novellin nickt zustimmend.
Die Lichterkette des Baumes wird wieder weiß. „Jetzt fahren wir weiter, oder?"
„So ist es", bestätigt Novellin ihre Schlussfolgerung.
Wie gebannt starrt Marie auf die Tür, von der sie gekommen ist, in der Hoffnung einen Blick auf den neuen Fahrgast erhaschen zu können. Plötzlich ist ein Druck auf ihren Schultern. Marie wendet sich ihrer Fee zu. „Etwas Privatsphäre", rügt die sie und nimmt ihre Hand von Maries Schulter.
„Entschuldigung." Sie lässt von der Tür ab und schenkt Novellin ihre volle Aufmerksamkeit. Eine Frage brennt auf ihren Lippen. „Du bist eine Fee?"
„Ich bin nicht eine, sondern deine Fee", korrigiert Novellin sie.
„Und wie komme ich zu der Ehre, eine Fee zu haben?" Maries Stirn liegt in Falten.

„Jeder Mensch hat eine. Egal welchen Alters, ob krank oder gesund. Wir begleiten euch von klein auf, geben euch Schutz und sind immer an eurer Seite."

Eine weitere Frage liegt Marie auf der Zunge. „Wie wird man eine Fee? Gibt es da bestimmte Kriterien, ein Anmeldeformular, das man ausfüllen muss?"

Novellin legt ihren Kopf sarkastisch schief. „Mach dich nicht lustig über mich."

„Tu ich nicht", hält Marie dagegen. „Ich kann mir nur den genauen Ablauf nicht vorstellen. Wie soll das vonstattengehen?"

„Deine Frage wird unbeantwortet bleiben." Ein Lächeln umspielt Novellins Mundpartie. „Du wirst es nie erfahren."

„Warum denn nicht?"

„Weil es nicht für alles im Leben eine Erklärung gibt, außerdem verliert mein Dasein, seine mystische Wirkung auf dich, wenn du die genaue Prozedur kennst."

„Ach bitte", bettelt Marie. „Ich will es wissen."

„Keine Chance", gibt sich Novellin unnachgiebig.

Marie lässt von ihrer Fee ab. Sie wird keine Antwort von ihr erhalten, so viel steht fest. „Und was jetzt?"

„Jetzt lernen wir uns etwas besser kennen." Novellin strahlt über beide Ohren. „Ich kenne dich zwar in- und auswendig, aber der Grund, warum du deinem Leben ein Ende setzen willst, ist mir schleierhaft. Klar, du hast deinen Job verloren, aber ich will wissen, warum du keinen anderen Ausweg findest. Deinen Gedankengang will ich verstehen."

Novellins Wortwahl irritiert Marie. „Ist das dein ernst?" Zweifel machen sich in ihr breit .„Du kennst mich in- und auswendig."
Novellin nickt. „Das gehört zu meiner Aufgabe."
Maries Augen formen sich misstrauisch zu Schlitzen. „Was ist meine Lieblingsfarbe?"
„Blau", schießt es aus Novellin heraus.
„Meine Lieblingsmusik?"
„Du hörst am liebsten Jazz und Songs aus Musicals."
„Wie hieß mein erster Freund?"
„Manuel Bäumer."
Marie hält kurz inne. Ihre letzte Frage war nicht ernst gemeint, da sie selbst nicht mehr den Namen von dem Kerl, aus ihrer ersten Beziehung weiß.
„Test bestanden?" Selbstsicher grinst Novellin sie an.
„Nicht ganz."
„Was willst du denn noch wissen? Du bist Marie Helm. 27 Jahre alt. Deine Eltern sind Johannes und Anita. Dein Vater ist Ingenieur und deine Mutter Hausfrau. Du bist das Jüngste von drei Kindern. Dein Bruder Michael ist 30 und hat dir als Kleinkind, eine unechte Spinne im Bett versteckt. Im Übrigen lache ich heute noch manchmal darüber, wie du sie entdeckt hast. Deine Schwester Jennifer wird nächstes Jahr 33. In den letzten vier Jahren gab es für dich nichts Wichtigeres, als zu arbeiten. Du hast Familie und Freunde hinter dir gelassen, umso schnell wie möglich auf der Karriereleiter voranzukommen. Sogar an Weihnachten hast du geschuftet. Während deine Kollegen die Feiertage mit ihren Liebsten verbracht haben, hast du

den Jahresrückblick eurer Zeitschrift gestaltet und am Tag des Heiligabends alljährlich Sushi gegessen." Maries Mund steht sperrangelweit offen. Novellin scheint über ihr ganzes Leben Bescheid zu wissen. Die Fee übergeht ihr Erscheinungsbild und redet einfach weiter. „Dieses Jahr jedoch nicht. Heute Morgen hast du erfahren, dass eure Zeitschrift mehr als nur eine geringe Auflage erzielt. Eure Verkaufszahlen sind so schlecht, dass ihr sie dichtmachen müsst, was für dich bedeutet arbeitslos zu sein, was wiederum für dich bedeutet, dir das Leben nehmen zu müssen, weil es anscheinend nichts Wichtigeres für dich gibt, außer deiner Arbeit." Novellin hält inne, um auf eine Antwort von Marie zu warten. Sie sitzt jedoch nur da und schaut ihre Fee weiterhin mit großen Augen an. „Ist es nicht so?"
Es dauert einen Moment, bis Marie, dass alles verdaut hat. Als sie zu sprechen anfängt, ist es nur ein Flüstern. „Diese Anschauung ist ziemlich einseitig."
„Dann klär mich auf. Deswegen sind wir hier: Um uns in dem Punkt besser kennenzulernen."
Bevor Marie zu erzählen beginnt, taucht der Weihnachtsbaum erneut in ein rotes Licht. Sie ignoriert die Tatsache, dass ein weiterer Fahrgast einsteigt. Heute Nacht geht es um sie. Novellin ist nur wegen ihr ihn Erscheinung getreten. „Es ging um mehr, als nur um meine Arbeit." Maries Stimme ist gedämpft. „Ich habe dieser Firma mein Leben geschenkt. Feiertage, Geburtstage, Hochzeiten, einfach alles habe ich ignoriert, um für sie dazu sein. Ich hätte den Posten als Chefredakteurin mehr als verdient. Ich habe hart

gearbeitet und heute Morgen…" Sie atmet schwer ein, bei der Erinnerung. „Zu wissen, wieder neu anfangen zu müssen, dass all mein Bestreben umsonst war…" Marie bemüht sich um Fassung. „Es hat mir einfach den Boden unter meinen Füßen weggezogen. Ich bin wieder da, wo ich mit Anfang zwanzig war, nur älter, ohne Freunde und mit entfremdeter Familie. Ich habe Nichts und werde niemandem fehlen." Marie senkt betrübt ihren Kopf.

„Ob du Nichts hast und niemandem fehlen wirst, werden wir noch sehen", rügt Novellin sie.

Marie blickt zu ihrer Fee hoch und will zu reden anfangen, als plötzlich etwas anderes im Raum ihre Aufmerksamkeit erregt. Sie wendet ihre Augen in die Mitte des Abteils. Der Weihnachtsbaum an der Decke wechselt im Sekundentakt die Farbe von weiß zu rot.

„Was ist denn nun los?" Völlig verdattert, bleiben ihre Augen an dem Baum hängen. Sie wartet auf eine Erklärung von ihrer Fee, doch nichts. Novellin sitzt starr vor ihr, als ob sie einen Geist gesehen hätte. „Elli? Alles in Ordnung? Was hat der Farbwechsel zu bedeuten?"

Novellin zwingt sich zu einem Lächeln. „Nichts. Alles gut."

„Sag schon", behaart Marie weiter darauf.

„Egal. Alles ist in Ordnung." Novellins Stimme klingt schwermütig.

„Ich bitte dich Elli", bettelt Marie regelrecht.

Die Fee lässt von ihr ab und schaut aus dem Fenster des Waggons. Sie atmet schwer ein. „Es bedeutet: Das ein Mensch nicht mit sich reden ließ. Für ihn kam jede Hilfe

zu spät."
Novellins Worte schlagen wie ein Blitz bei Marie ein. „Er ist tot?"
„Ja und sein Schutzengel auch."
Maries Stirn liegt in Falten. „Ich will nicht taktlos klingen, aber seit ihr nicht schon tot?"
In Sekundenschnelle ist Novellins Gesicht auf Marie gerichtet. Der Ausdruck darauf wirkt fassungslos. „Sehe ich für dich tot aus?", zum ersten Mal ist ihre Stimme barsch. „Bloß, weil wir nicht unter euch Menschen leben, heißt das nicht, dass wir tot sind. Wir leben in einer Zwischenwelt. Ihr könnt uns nicht sehen, aber wir sind da. Wir wissen unser Dasein im Grunde besser zu schätzen, als ihr eures." Sie kratzt sich am Handrücken. „Wenn also ein Mensch stirbt, erlischt sein Schutzengel ebenfalls."
„Das wusste ich nicht", gibt Marie zu.
Novellin räuspert sich abfällig. „Das ist eine karge Entschuldigung dafür."
„Es tut mir leid." Maries Wortestrotzen vor Reue. „Ich wollte dich nicht beleidigen oder verletzen. Ich hatte ja keine Ahnung von alledem."
„Ich weiß." Novellin schenkt ihr ein flüchtiges Lächeln. „Der Mensch glaubt an das, was er sieht. Gestalten wie mich, kennt man nur aus Filmen." Ein paar Reihen vor ihnen, kommt ein junger Mann mit seinem Schutzengel von seinem Platz hoch und reißt Novellin aus ihrer Trance. „Wo bin ich denn nur mit meinen Gedanken. Es geht hier nicht um mich, sondern um dich." Ihre Augen wandern zu Marie, deren Gesicht zerknirscht wirkt.

„Was hast du?"
„Ich bin einfach dumm. Ich wollte dich gerade nicht verletzen."
„Mach dir keinen Kopf. Es geht mir gut."
„Trotzdem. Ich will mich aufrichtig entschuldigen. Du sollst wissen, dass es mir von ganzem Herzen Leid tut."
„Danke", erwidert Novellin nur darauf. Sie legt ihren Finger hinters Ohr und lauscht. „Oh, die Zeit rast wie wild vor sich hin. Wenn wir uns nicht beeilen, verpassen wir unsere erste Haltestelle."
„Und die wäre wo?"
„Hab Geduld. Du wirst es früh genug erfahren."
Marie blickt aus dem Fenster. Es sind nur Sterne und Wolken zu erkennen, durch die helles Mondlicht bricht.
„Auf wie viel Meter Höhe sind wir?"
„Wir befinden uns auf über 3000 Meter. In der Wolkenebene." Ihr Blick wandert ebenfalls zum Fenster. „Eine wundervolle Aussicht nicht wahr?"
„Oh ja, in der Tat."
Es dauert einen Moment, bis Novellin erneut zu sprechen anfängt. „Ich verstehe nun deinen Gedankengang. Du empfindest weder Hoffnung, noch Freude in deinem Leben. Du glaubst, es gibt keinen Menschen, der dich vermisst. Wenn du verschwindest, würde es niemandem auffallen und es wäre auch allen egal."
„So ist es. Von meiner Warte aus ist mir jahrelang nur die Arbeit geblieben und seit heute nicht einmal mehr die. Ich stehe nun vor den Scherben meiner Existenz."
„Du musst deinen Blick erweitern und hinter die

Fassade sehen. Du glaubst, keiner wird dich vermissen? Da täuscht du dich aber gewaltig. Es gibt Menschen, die für dich durch die Hölle gehen würden. Du bist nur zu blind, um es zu erkennen."

„Deswegen bin ich doch hier Elli: Du willst mir das Gegenteil beweisen."

„Deine Einsicht ist das Ticket zu unseren Stationen." Gutgelaunt kommt Novellin von ihrem Platz hoch und schwebt an Marie vorbei. „Auf mit dir. Jetzt kann es losgehen." Marie tut was ihre Fee verlangt und steht von ihrem Sitz auf. Wortlos reiht sie sich hinter ihr ein. Mit einer eleganten Handbewegung öffnet Novellin die Tür vor ihr. „Mir nach."

Marie tritt durch die Tür und findet sich in einem kleinen Raum wieder. An den braunen Holzwänden hängen Fotos in schwarzen Bilderrahmen. Neugierig geht Marie auf eines in den Zweierreihen zu. Mit großen Augen betrachtet sie ein Foto, auf welchem ein Kleinkind, nach einem Sturz vom Fahrrad, mit einem Mann gezeigt wird. „Das bin ich und Dad." Sie will es von der Wand nehmen.

„Nein. Tu das nicht." Novellin kommt in Windeseile neben sie. Ihre kleine Hand fasst nach der von Marie und zieht sie zurück. „Ansehen ja, anfassen nein."

Marie lässt von der Fotografie ab. Ihre Augen wandern zu dem Bild daneben, auf dem eine Geburtstagsfeier stattfindet. „Das bin wieder ich, mit Mum, Dad, meinen Geschwistern und Freunden. Es war mein neunter Geburtstag."

Novellin nickt. „Ich weiß."

„Was hat das alles zu bedeuten?" Ihr Blick schweift im Raum umher. „Sind die Fotos alle aus meinem Leben? Woher kommen die und wie kommen die hierher?"

„Ja", bestätigt Novellin und fliegt in die Mitte des Raumes. „Alle Bilder, die hier hängen sind eine Ansammlung an Ereignissen, die dich zu dem Menschen gemacht haben, der du heute bist. Sie zeigen die Menschen, für die es sich zum weiter Leben lohnt. Wo sie her sind? Sie sind die wichtigsten Erinnerungen aus deinem Gedächtnis. Wie sie hierher kommen? Nun ja, sagen wir es so: Als dein Schutzengel, habe ich das Recht alles Mögliche aufzufahren, um dich von deiner bevorstehenden Dummheit abzubringen."

Marie lässt sich die Worte ihrer Fee durch den Kopf gehen, „Eine Ansammlung?" Sie zählt grob die Fotorahmen. „Groß ist sie nicht gerade."

„Nein, da hast du recht. Sie ist ausgesprochen winzig, aber wem wundert es? Du bist gerade mal 27 Jahre alt und deine letzte schöne Erinnerung an Heim und Familie ist auch schon über vier Jahre her." Novellin deutet auf das Foto links von ihr. Es ist hinter einem goldenen Rahmen. Mit zusammengekniffenen Augen geht Marie darauf zu. Es zeigt sie mit ihren Arbeitskollegen.

„Weißt du noch, was ihr gefeiert habt?", will Novellin wissen.

Marie muss nicht lange nachdenken. Dieser Abend war der Ausgangspunkt für die radikale Veränderung in ihrem Leben. „Wir haben mich gefeiert." Sie räuspert sich. „Mein Entwurf für das Cover der Zeitschrift schlug

ein wie eine Bombe. Wir hatten noch nie so hohe Verkaufszahlen, wie mit meiner Idee. Meine Kollegen haben mit mir meinen Triumph gefeiert."
„Eine nette Geste von ihnen." Novellin kommt neben Marie und betrachtet ebenfalls die Fotografie. „Warum ist es die letzte wirklich schöne Erinnerung?"
Marie atmet schwer ein. „Mein Chef hat festgestellt, welch großes Potenzial in mir steckt. Er meinte die Tage darauf: Ich könnte es weit bringen, wenn ich mich nur dahinter klemme."
„Das heißt?"
„Das heißt: Auf den Posten des Chefredakteurs ist jeder scharf. Warum sollte ich ihn bekommen? Er fällt mir nicht einfach in den Schoß. Ich muss beweisen, dass ich ihn verdiene und kein anderer."
„Aja." Novellin scheint ein Licht aufzugehen. „Deswegen warst du ab diesem Jahr nicht mehr zu Hause und hast jeden Feiertag gearbeitet."
„Ja", Maries Stimme klingt hart. „Wenn ich damals gewusst hätte, was die Zukunft bringt, hätte ich mich nicht so bemühen müssen. Dieser Abend hat mein ganzes Leben zerstört." Sie will nach dem aufgehängten Bild fassen.
„Nein, nicht", kreischt Novellin und fliegt zwischen Marie und der Wand. Ihr Blick bohrt sich tief in Maries Augen. „Du darfst die Rahmen nicht abnehmen."
„Warum nicht?"
„Weil es Erinnerungen aus deinem Gedächtnis sind. Ich habe sie aus deinem Kopf gezogen, um mit dir damit arbeiten zu können. Ich habe sie materialisiert. Wenn

sie dir hinunterfallen, sind diese wichtigen Erinnerungen für immer verloren."

„Versteh ich dich richtig: Ich würde meine Erinnerungen dadurch vergessen?", hakt Marie nach.

Novellin nickt. „Ja würdest du."

Maries Augenmerk fällt auf ihre letzte schöne Erinnerung. „Diesen Abend würde ich gerne vergessen."

„Unsinn. Du weißt ja nicht, was er nach heute Nacht bedeuten kann", behaart Novellin stur darauf. „Lass die Finger einfach davon."

„Als ob diese Reise eine Veränderung bringen wird", keift Marie zurück. Obwohl sie geschworen hat, sich zu bemühen, ist sie sich sicher, dass der Abend ins Leere führen wird und sie am Ende genau da steht, wo sie vor einer Stunde stand.

„Warte einfach ab." Sie blickt hinter Marie. „Und jetzt geh zurück und lass mich meine Arbeit tun."

Nur widerwillig gibt Marie nach und geht ein paar Schritte rückwärts. Ihre Fee wendet sich von ihr ab und richtet ihre Aufmerksamkeit auf den Boden. Sie lässt sich darauf nieder und zeichnet mit ihrem Finger einen großen Kreis um sich herum nach.

„Was tust du da Elli?"

„Hab Geduld", belehrt Novellin sie. Obwohl ihre Fingerspitzen den Boden nicht berühren haben, verschwindet er unter ihr. Ein Loch tut sich vor Marie auf, indem es hell leuchtet.

Novellin kommt davon hoch. „Jetzt rein mit dir."

„Soll dass ein Scherz sein?" Marie überkommen

Zweifel. Sie beide befinden sich auf über 3000 Meter Höhe. In einem fliegenden Zug. Unter dem Boden ist nur noch der Himmel.

„Nein, durchaus nicht."

„Nicht böse gemeint, aber mir wären Tabletten wirklich lieber."

Novellin legt ihren Kopf missbilligend schief. „Vertrau mir einfach."

„In diesem Moment ist das nicht so leicht Elli."

„Tu es einfach." Mit einer Kopfneigung deutet sie in das Loch. „Es wird dir nichts passieren."

Wie so oft in der letzten Stunde gibt Marie auf und folgt der Anweisung ihrer Fee. „Und wo geht's hin?"

„Das wirst du schon früh genug erfahren."

„Kannst du nicht vorgehen?"

„Nein. Es ist dein Leben. Du musst vorausgehen. Wenn ich es tue, komme ich irgendwo raus." Maries Unbehagen entgeht Novellin nicht. „Aber wenn du willst, können wir gemeinsam den Schritt wagen."

„Das wäre mir lieb."

„Gib mir deine Hand." Novellin reicht sie ihr. Marie tritt näher und umfasst ihren ganzen Körper. „Tut mir leid, deine Hand alleine reicht mir nicht." Ohne einen weiteren Gedanken zu verlieren, schließt sie ihre Augen und hüpft in das glühende Etwas vor ihr.

Kapitel 5

Obwohl sich Marie sicher war, in den freien Himmel zu springen, fühlt es sich ganz anders an. Es ist weder kalt, noch spürt sie einen harten Wind, der ihr Fallen verursachen sollte. In Wahrheit fühlt sie sich weder ängstlich noch hilflos. Es kommt ihr eher so vor, als ob sie fliegen würde. Als ob sie ein Vogel wäre, den der Wind trägt. Obwohl alles gut zu sein scheint, verkneift sie es sich die Augen aufzumachen. Mit ihren Armen umklammert sie Novellin fester. Ihre Gedanken kreisen um das Hochgefühl, das sie empfand, als sie ihre Fee zum ersten Mal berührt hat. Sie denkt an das Glück, was sie dabei verspürt hat und ist bemüht es so lange im Kopf zu behalten, bis die Fahrt vorbei ist und sie beide an der ersten Haltestelle ihrer Reise angekommen sind.
„Würdest du mich bitte loslassen, bevor du mich erdrückst", ist da Novellins piepsige Stimme.
„Ist es vorbei?", fragt Marie aufgebracht nach.
„Ja ist es und mit mir bald auch, wenn du mich nicht endlich loslässt."
Maries Umarmung lockert sich etwas. Behutsam öffnet sie ihre Augen. Sie steht vor etwas Weißem. Ihr Blick schweift zu ihren Füßen. Erleichterung überkommt sie bei der Erkenntnis, Boden unter sich zu haben. Sie lässt Novellin vollständig los. „Entschuldige. Ich wollte dich nicht erdrücken."
Novellin fliegt neben ihr her. „Ist schon gut. Das erste

Mal ist jedem etwas mulmig zumute."
Marie lässt ihre Augen ziellos umherschweifen. An den Wänden hängen Tierbilder und eine von ihnen, ist komplett in Pink gestrichen. Auf dem Boden liegen Puppen und anderes Spielzeug. Ihr Blick fällt auf das andere Ende des Zimmers, wo neben dem Fenster ein Bett steht. Ein Laken mit Prinzessinnenmotiven liegt darauf. Ohne lange überlegen zu müssen, weiß Marie, in einem Kinderzimmer zu sein, doch nur in welchem?
„Wo sind wir Elli?"
„Du wirst es gleich sehen." Ihre Hand deutet zur Tür.
Marie nickt nur, während ihre Hand nachdem Türknauf tastet. Ihr Griff geht jedoch ins Leere. Irritiert mustert sie ihre Hand. „Was…?" Erneut versucht Marie ihn zu fassen, doch ihre Hand greift hindurch.
„Uh, wie nachsichtig von mir. Ich habe vergessen zu erwähnen, dass wir Geister in dieser Welt sind. Verzeih mir. Ist mein erster Auftrag."
„Geister?", wiederholt Marie verstört.
„Ja Geister. Wir befinden uns in der Zukunft. In einer Zukunft, in der es dich nicht mehr gibt", erklärt sie. „Alles was wir sehen, wird so passieren. Wir sehen, zu was dein Entschluss führt, aber die Leute um uns herum, können uns nicht sehen."
Marie nickt, nachdem sie Novellins Anweisung verstanden hat. „Und der Knauf?"
„Geh einfach hindurch. Du bist ein Geist."
Mit einem Stirnrunzeln wendet sich Marie der Tür zu. Wie in Zeitlupe fasst sie dagegen. Kurz bevor sie die Tür berührt, hält sie inne. Mehr denn je überkommt sie

Ungläubigkeit. Sie soll ein Geist sein?

„Nur Mut." Ist Novellin durch ihre Gedanken zu hören. Marie gibt sich einen Ruck und drückt dagegen. Ihre komplette Hand verschwindet in der Tür. Eilig zieht sie sie zurück. Keine Sekunde später fasst sie wieder hinein. „Unglaublich!" Mit ihrer Hand taucht sie erneut in die Tür ein und lässt sie ziellos darin herum gleiten. Nachdem sie sicher ist, nicht doch noch dagegen zu prallen, nimmt sie ihren ganzen Mut zusammen und tritt eilig durch. Auf der anderen Seite, findet sie sich in einem spärlich eingerichteten Korridor wieder. Es dauert nur einen Moment bis Novellin hinterherkommt. Aus der Ferne sind Stimmen zu hören. „Wir sind nicht allein!!"

Novellin übergeht sie und fliegt an ihr vorbei. „Komm schon."

Ungewissheit nagt an Marie. Wo sind wir und wer sind diese Leute hier? Was passiert, wenn sie uns sehen?

Novellin räuspert sich. „Sei kein Feigling und komm endlich."

Marie versucht ihre Schritte, nicht am Boden widerhallen zu lassen. Durch ihr näher kommen, sind die Stimmen immer deutlicher zu verstehen. Vor einem Türrahmen kommt sie zum Stehen.

„Aber nicht zu viel Süßigkeiten essen Schatz, sonst hast du fürs Abendessen keinen Platz mehr", ist da eine Männerstimme.

„Ist gut Daddy", antwortet ein Mädchen darauf. „Kommst du und Mama auch bald zum Filmeschauen?"

„Natürlich Kleines. Wir wollen nur noch schnell den Tisch für heute Abend decken. Wir sind in 10 Minuten da, also lass uns bloß etwas von den Plätzchen übrig."
„Oh Mist", flüstert Marie, als sie näher kommende Schritte vernimmt. Sie möchte zum Sprinten ansetzen, doch ihre Füße bewegen sich kein bisschen. Panik breitet sich in ihr aus, die sie dazu veranlasst, ihre Augen zu schließen. „Wenn du etwas brauchst, Schatz? Wir sind in der Küche", die Männerstimme ist direkt neben ihr. Marie wartet nur noch darauf, dass der Kerl sie anmault, doch vergebens. Die Schritte werden leiser und plötzlich fällt eine Tür ins Schloss. Völlig verwundert linst Marie nur einen kleinen Spaltweit durch ihre Lieder. Novellin ist direkt vor ihrer Nase. „Ich habe dir doch gesagt, uns kann keiner sehen."
„Tut mir leid. Ich habe es vergessen. Es ist für mich neu unsichtbar zu sein. Ich bin einfach nur einem inneren Impuls gefolgt und habe Panik bekommen."
„Egal." Novellin winkt gelangweilt ab. „Lass uns zum wichtigeren Teil kommen." Mit ihrem Kopf deutet sie zur Tür. „Aber jetzt etwas hastig, sonst verpassen wir das Beste."
Marie kommt eilig ihrer Fee hinterher. Auf einen Schlag ist die in der Tür verschwunden. Marie zögert kurz. Es ist einfach zu ungewohnt, durch Türen zu gehen und unsichtbar zu sein. Plötzlich erscheint Novellins Kopf in der Türfläche. „Na wird's bald?"
„Ich komme." Schon tritt Marie in die Tür ein. Keine Sekunde später steht sie in einem geräumigen Zimmer, mit einer komplett in grau gehaltenen Küche. Der

Boden ist mit weißen Fließen ausgelegt und in der Mitte, steht ein Tisch mit vier Stühlen. Zwei davon sind besetzt. Marie bedeckt mit einer Hand ihre Augen, um unentdeckt bleiben zu können. „Als ob das helfen würde", scherzt Novellin. „Ich sage es gern noch einmal: Wir sind Geister, begreif es doch endlich! Die Menschen können uns nicht sehen und…." Sie fliegt auf den Tisch zu und hält vor dem Ohr des Mannes von gerade inne. „Hallo!!!!!!", schreit sie lautstark hinein. Der Mann in Jeanshose und grauem Pullover reagiert kein bisschen. Er redet einfach weiter. „…und hören können sie uns auch nicht."
„Ist ja schon gut. Ich habe es begriffen." Marie tritt näher heran, um die andere Person besser sehen zu können. Es ist eine Frau mit braunen, schulterlangen Haaren. Sie trägt ein gelbes Shirt und eine Jogginghose. Die Frau im mittleren Alter ist Marie mehr als bekannt. „Das ist Claudia, meine Putzfrau!"
„Was du nicht sagst." Novellin fliegt neben Marie her.
„Was haben wir hier zu suchen? Was hat sie mit allem zu tun?"
„Wenn du zuhören würdest, dann bräuchtest du nicht nachfragen", belehrt Novellin sie.
Marie übergeht es, ihr einen gehässigen Kommentar an den Kopf zu werfen. Ihre Augen wandern zu Claudia, die sich mit einer Hand am Tisch abstützt.
Ihr Gesicht ist schmerzverzehrt. „Warum habe ich es nicht kommen sehen? Ihr Verhalten gestern war mehr als auffällig. Sie kam nach Hause und stand vollkommen neben sich." Sie atmet schwer ein. „Sie

konnte mich gar nicht schnell genug abwimmeln. Ich habe gesehen, dass es ihr nicht gut ging."

„Es war aber nicht deine Schuld", redet der Mann mit ruhiger Stimme auf sie ein.

„Ach nein? Ich habe doch gesehen, dass es ihr schlecht ging. Es waren öfter Tage dabei, wo sie fertig und angeschlagen war, aber das war kein Vergleich zu gestern. Sie überspielte ihre Verzweiflung vor mir." Ein Schauer läuft Claudia über den Rücken. „Und ich habe nichts unternommen."

„Was hättest du tun können?" Der Mann kommt von seinem Sitz hoch und geht um den Tisch rum. Er füllt einen kleinen Topf mit Wasser und stellt ihn auf die schwarze Herdplatte. „Sie ist doch alt genug gewesen, um selbst entscheiden zu können, was richtig und was falsch ist." Mit zwei Tassen, in denen jeweils ein Teebeutel hängt, kommt er zurück. Er stellt eine vor Claudia ab.

„Für dich ist es ein Leichtes so zu reden. Du kanntest sie nicht so wie ich, Klaus." Sie fasst nach der Zuckerdose, die er in die Mitte des Tisches gestellt hat. „Hätte ich mich doch nur mit ihr hingesessen und darüber geredet. Wir konnten immer über alles reden." Sie gibt zwei Löffel davon in ihre Tasse.

„Ob es geholfen hätte, ist die andere Frage." Klaus lehnt sich an die Küchenzeile neben dem Herd. Seine Augen wandern auf den Topf darauf, der langsam zu dampfen beginnt. „Also hör auf, dir Schuldgefühle zu machen. Du hast dein Bestes gegeben und warst heute Morgen nochmal bei ihr."

„Da war es aber schon zu spät", stellt Claudia trocken fest. „Die Plätzchen, die ich ihr mitgebracht habe, standen immer noch am selben Platz. Sie hat kein Einziges gegessen. Wie einsam muss sich Marie gefühlt haben, wenn sie bereit war, so einen Schritt zu wagen?"
„Was hat die Polizei dazu gesagt?"
„Der Kerl, der mich befragt hat, wollte wissen, wer ich bin und woher ich den Schlüssel habe? Was ich heute bei ihr wollte? Er hat mich nach allem Möglichen gefragt: Ob sie depressiv war und schon einmal versucht hat, sich das Leben zu nehmen?"
Klaus kommt mit dem Topf an den Tisch und füllt behutsam beide Tassen mit Wasser. „Was hast du ihm geantwortet?"
„Mit der Wahrheit: Sie war kein depressiver Mensch. Sie hat noch nie versucht, sich das Leben zu nehmen. Sie war ein guter Mensch, ein Arbeitstier." Mit dem Löffel rührt sie in ihrer Tasse um. „Karriere zu machen, war für sie am wichtigsten, was nicht heißt, dass sie deswegen unfreundlich oder gar verzweifelt war."
Klaus nimmt neben ihr Platz und trinkt einen Schluck aus seiner Tasse. „Was hat der Polizist dazu gesagt?"
„Er hat nur alles aufgeschrieben", Claudias Stimme wirkt tonlos.
„Weiß man schon die Todesursache?"
„Der Gerichtsmediziner konnte noch keine Diagnose stellen. Marie muss erst genauer untersucht werden, doch allem Anschein nach, an einer Überdosis Schlaftabletten." Ein abfälliges Räuspern widerfährt ihr. „Sie hatte alles geplant und ich bin einfach gegangen."

„Hör auf. Mach dich nicht wahnsinnig." Klaus legt seine Hand auf die von Claudia. „Du hättest ihr nicht mehr helfen können."
Claudia wischt sich mit ihrem Handrücken eine Träne aus den Augen. „Sie hat meinen Lohn, in einem Briefumschlag auf dem Küchentisch zurückgelassen. Mit einem Weihnachtsbonus von 500 Euro." Sie fasst nach der Tasche auf dem freien Stuhl neben ihr und zieht ein weißes Kuvert daraus hervor. „Sie hat sogar einen Abschiedsbrief an mich geschrieben."
Klaus Augen werden groß. „Den hast du mitnehmen dürfen?"
Claudia atmet schwer ein. „Nein. Die Polizei weiß nichts davon. Sie hätte ihn gewiss beschlagnahmt."
Klaus nickt zustimmend. „Was hat sie geschrieben?"
„Nur sechs kleine Worte", antwortet Claudia ungläubig. „Danke für deine tolle Arbeit jahrelang." Sie dreht den Brief um und zeigt ihn ihrem Mann.
„Nun ja...", ihm fehlen einwandfrei die Worte.
„Was nun ja? Ich war nicht nur eine Putzfrau für sie. Wir waren befreundet. Wir haben uns zu Geburtstagen oder Feiertagen immer etwas geschenkt. Weißt du noch Andreas Geburtstag letztes Jahr? Sie hat für unser Kind und all ihre Freunde einen Ausflug zum Tierpark spendiert."
Klaus nickt zustimmend. „Ja, das weiß ich noch. Andrea redet heute noch oft davon."
„Eben." Claudia nimmt einen Schluck aus ihrer Tasse. „Ich bin mehr wert als sechs kleine Worte. Wir waren befreundet, zumindest eine Erklärung oder ein >Tut mir

leid< wäre noch angebracht gewesen."

„Reiß mir bitte jetzt nicht den Kopf ab, Schatz, aber sie selbst war nicht dabei", Klaus Tonlage ist gedämpft. „Marie hat den Ausflug geplant, aber mitgekommen ist sie nicht."

„Sie musste arbeiten."

„Ich weiß, aber hat sie Andrea überhaupt schon mal gesehen?"

„Was sollen diese Andeutungen? Was willst du mir sagen?" Claudias Augen formen sich zu Schlitzen.

„Vielleicht hattest nur du den Eindruck, dass ihr befreundet wart", formt Klaus seinen Gedankengang zu Ende. „Ich meine, nicht einmal ich kenne sie. Du hast mir zwar erzählt, wie nett und freundlich sie zu dir ist, aber wäre nicht immer wieder ein Foto in Global-Welt-Geschehen von ihr gewesen, wüsste ich nicht einmal, wie sie aussieht."

„Unsinn", keift Claudia ihn an. „Wir waren befreundet. Sie hat mir viel aus ihrem Leben erzählt, genauso wie ich es tat. Was wären wir denn sonst gewesen?"

Klaus zuckt entschuldigend mit seinen Schultern. „Vielleicht einfach nur zwei Frauen, die Smalltalk halten? Immerhin hast du ihre Wohnung sauber gehalten."

„Nein!" Aufgebracht kommt Claudia von ihrem Stuhl hoch. „Wir waren mehr als das." Sie leert ihre Tasse mit einem Zug und stellt sie ins Spülbecken.

„Schatz." Klaus tritt hinter sie. „Ich wollte dich nicht verärgern. Vielleicht hast du ja recht." Er massiert mit beiden Händen ihre Schultern. „Sei nicht böse."

„Bin ich nicht." Sie dreht sich zu ihm um. „Es ist nur zu viel auf einmal."

„Ist doch verständlich." Klaus nimmt Claudia in seine Arme. Für unsagbare Zeit herrscht Stille zwischen den beiden.

Plötzlich springt die Tür auf. Die kleine Tochter von Claudia und Klaus steht in der Tür. Marie betrachtet Andrea bis ins kleinste Detail. Sie ist ein Mädchen von sechs oder sieben Jahren, mit Brille und langen braunen Haaren, die ihr bis zur Hüfte reichen. Sie trägt eine grüne Hose und einen dicken Pullover. In ihrer rechten Hand umklammert sie einen Teddybär. Klaus hatte recht. Sie hatte das Mädchen kein einziges Mal zu Gesicht bekommen.

„Mum? Dad? Bis wann kommt ihr? Der Film hat schon angefangen", piepst sie gutgelaunt.

„Wir sind sofort da Herzchen." Claudia zwingt sich zu einem Lächeln. „Gib uns nur noch eine Minute." Sie geht zu einem großen Vitrinen-Schrank und öffnet die Tür davon. Nachdem sie eine Keksdose herausgeholt hat, geht sie auf ihr Kind zu. „Nimm die schon mal mit. Wir kommen gleich."

„Ok Mum." Andrea grinst über beide Ohren bei dem Gedanken an die Dose und den Plätzchen darin, die ihr gehören. Eilig macht sie sich auf den Weg aus der Küche.

„Lass uns ja etwas übrig Kleines", ruft Klaus ihr scherzhaft nach.

„Glaubst du, sie hat etwas gehört?" Claudia macht die Küchentür zu. „Sie wirkte etwas besorgt."

„Gewiss nicht", beruhigt Klaus sie zuversichtlich. „Sie hat nur Angst, wir könnten den Film verpassen." Er verdreht die Augen. „In der Vorweihnachtszeit ist er schon sieben Mal gekommen und heute am Heiligabend auch schon das dritte Mal."
Claudia geht auf den Themenwechsel nicht ein. „Wie werden wohl Maries Eltern diese Neuigkeit aufnehmen?"
„Gerade zu Weihnachten. Dem Fest der Familie." Klaus trinkt seine Tasse leer und stellt sie ebenfalls ins Spülbecken. „Es wird sie bis ins Mark erschüttern."
„Ein Kind zu verlieren ist hart genug, da spielt der Zeitraum keine Rolle", belehrt ihn Claudia, die wieder am Küchentisch Platz genommen hat. „Ob die Polizei sie schon angerufen haben?"
„Keine Ahnung. Es ist Nachmittag. Was haben sie denn zu dir gesagt?" Klaus setzt sich neben sie.
„Nichts. Sie wollten wissen, ob Marie Familienangehörige hatte und ich deren Telefonnummer weiß. Ich holte ihr Adressbuch aus der Kommode. Der Beamte nahm es mir ab und suchte eifrig darin." Claudia atmet schwer ein. „Gott, nicht zum aus malen, was ihre Mutter gerade durchmachen wird."
„Glaubst du, sie sind schon bei ihr?" Klaus tätschelt ihr mitfühlend den Arm.
„Nein. Ihre Eltern wohnen auf dem Land. In irgendeinem Dorf in Bayern. Es ist eine 13-Stunden-Fahrt mit dem Auto. Aus diesem Grund ist sie so selten zu ihnen gefahren. Es war ihr eine zu lange Fahrt und

sie hätte ja etwas in der Redaktion versäumen können. Wenn sie schon Bescheid gehört haben, dann befinden sie sich auf dem Weg zu ihr."
„Traurig, traurig", flüstert Klaus. Er sagt es eher zu sich selbst.
„Was mich so wütend macht ist, dass sie keinen Ton gesagt hat. Wenn sie sich einsam gefühlt hat, hätte sie doch nur etwas sagen müssen. Sie hätte mit uns Weihnachten verbringen können. Wenn sie in der Arbeit Probleme gehabt hätte, hätte sie mit mir darüber reden können. Wir haben uns doch so viel anvertraut. Ich verstehe es einfach nicht."
Klaus will zu reden anfangen, als die Stimme von Andrea durch die Tür zu hören ist. „Mami, Daddy, wo bleibt ihr? Gleich kommt meine Lieblingsstelle!!"
„Lass uns später darüber reden." Claudia ist bemüht, ihre Stimme gelassen klingen zu lassen.
„Ja. Lass uns rüber zu Andrea gehen", stimmt Klaus mit ein. Eilig geht er voran aus der Tür. „Kommen schon Schatz und hoffentlich hast du uns noch Plätzchen übrig gelassen!"
Claudia steht von ihrem Stuhl auf und will aus der Küche gehen, als ihr Blick den Brief von Marie streift. Sie nimmt ihn zur Hand. Ein leises Schluchzen widerfährt ihr beim erneuten Lesen. „Oh, Marie!" Sie legt eine Hand auf ihren Mund und atmet tief ein.
Marie, die hinter ihr steht, kommt näher. Einem inneren Impuls folgend, will sie ihre Hand fürsorglich auf Claudias Schulter legen. „Es tut mir leid."
Claudias Blick ist weiterhin starr auf den Zettel

gerichtet. Plötzlich zerreißt sie ihn. Marie geht verschreckt einen Schritt zurück. „Was…?"
Claudia zerfetzt das Papier richtig. „Ich hätte mehr als sechs Worte verdient Marie." Ihr Blick wandert zur Decke des Zimmers. „Hast du mich gehört? Ich hätte mehr verdient als >Danke für deine tolle Arbeit jahrelang<!" Sie fasst nach den Geldscheinen. Eifrig zählt sie die Scheine und legt sie am Tisch ab, bis sie nur noch fünf Grüne in der Hand hält. „Und den Weihnachtsbonus kannst du auch behalten. Der macht die Sache nicht besser." Wie zuvor den Brief, zerreißt Claudia nun auch das Geld. „Hörst du mich, Marie? Ich pfeife auf dein Geld!" Wutentbrannt geht sie um den Tisch und wirft die Fetzen in den Mülleimer unter der Spüle.
„Claudia…?!" Marie weicht entsetzt zurück.
Claudia macht sich auf den Weg zur Tür. Ihre Hand liegt schon auf dem Griff, als sie erneut innehält. „Ich hätte mehr als nur sechs Worte verdient." Ihr Blick wandert nochmal zur Decke. „Du wärst mir zumindest eine Erklärung schuldig gewesen." Ihre Hand fasst nach dem Griff.
Marie bleibt mit ihrer Fee in der Küche zurück. „Hasst sie mich jetzt?"
„Gute Frage." Novellins Blick liegt auf der Tür. „Ich denke aber nicht. Sie verleiht ihrer Wut nur Ausdruck."
„Ihrer Wut?", setzt Marie nach. Sie will sich auf den Stuhl setzen. „Oh ich hab vergessen wir sind Geister."
Novellin lächelt milde. „Nur zu. Unsere Reise soll so angenehm wie möglich für dich verlaufen. Wenn du

einen Moment brauchst, dann bekommst du ihn."
„Angenehm?" Maries Hand fasst nach dem Stuhl. Ihr Blick ist wachsam.
„Zumindest was das angeht." Ihre Augen sind auf Marie gerichtet, während ihr Kopf eine Neigung in Richtung Stuhl macht. Wie von selbst findet sie darauf Platz.
„WOW......", Marie ist vollkommen verdattert. Sie wendet sich an ihre Fee. „Wie hast du das gemacht?"
„Sagen wir einfach durch Zauberhand." Novellin hält alle fünf Finger hoch.
„Echt beeindruckend", gesteht Marie.
„Naja, du sollst das alles richtig empfinden. Es wahrnehmen und verstehen", erklärt Novellin ihr. „Es reicht nicht nur zu sehen. Du musst den Schmerz spüren und die Reue. Wenn du dich setzen willst, nur zu. Wenn du jemanden anfassen willst, dann los. Alles, was dir hilft, alles, was dich klar denken lässt, ist möglich."
„Gut zu wissen." Für einen kurzen Moment sitzt Marie wie ein Häufchen Elend am Tisch. Ihre Gedanken kreisen um Claudia. „Wir haben von ihrer Wut gesprochen", will Marie ihr verbleibendes Gespräch wieder aufnehmen.
Novellin fliegt vor ihr auf und ab. „Naja, sie ist sauer und traurig. Sie hat eine Freundin verloren, die sie sehr geschätzt hat und der Gedanke, dass du in ihr nicht mehr als eine Haushaltshilfe gesehen hast, erzürnt sie."
Marie räuspert sich wehleidig. „Alles in Ordnung, Marie?" Sie fliegt näher heran. „Ich weiß es ist hart, aber

es muss sein. Du musst sehen, was du den Menschen bedeutest."

„Ich hatte ja keine Ahnung." Maries Blick führt ins Leere. „Claudia und ich waren befreundet? Ich dachte, sie wollte nur Smalltalk halten."

„Nein." Novellin schüttelt ihren Kopf. „Sie hatte aufrichtiges Interesse an dir."

Maries Augen wandern zu ihrer Fee. „Und ich habe ihr nur für die Arbeit gedankt."

„Ja, das hast du."

In diesem Moment kommt sich Marie mehr als nur dumm vor. All die Jahre hatte sie Claudia nur als Putzfrau gesehen. Ihr war nicht bewusst, dass sie befreundet waren. Sie hatte gar keine Zeit für eine Freundin und doch war Claudia eine. Marie geht zur Tür und tritt hindurch.

„He!!! Wo willst du denn hin?" Novellin kommt ihr eilig nach.

Vor dem Wohnzimmer macht Marie halt. Wachsam betrachtet sie Claudia, ihren Mann Klaus und die gemeinsame Tochter, die alle auf dem Sofa sitzen und sich einen Film anschauen.

„Oh Mann, ich liebe diese Stelle", meint Claudia und lacht über beide Ohren. „Den Film kann ich gar nicht oft genug anschauen."

Im ersten Moment ist Marie perplex. Vor einer Minute war Claudia noch niedergeschlagen und jetzt lacht sie unbekümmert. Es scheint, als sei ihre Trauer schon verflogen.

Claudia fasst in die Plätzchendose, die ihre Tochter

eisern umklammert. „He!! Nicht so viele. Ich will auch noch welche."
Claudia fährt Andrea durch ihre Haare und zerzaust sie. „Sei nicht so gierig, junge Dame." Ihr Grinsen wird breiter. „Du bist nicht die Einzige, die Hunger hat."
Dieses sorglose Verhalten von Claudia erzürnt Marie. „Soviel habe ich ihr also bedeutet. Da hätte sie auf die dramatische Geste mit dem Zerreißen verzichten können."
„Was meinst du?" Novellin kommt neben sie.
„Na schau doch. In der Küche gibt sie die leidende Hinterbliebene und hier lacht sie aus vollem Herzen", keift Marie und deutet auf Claudia, die gerade ihre Tochter kitzelt.
„Was soll sie den sonst tun? Soll sie vor ihrer Tochter in Tränen ausbrechen?" Novellins Frage ist rhetorisch gestellt. „Wohl kaum."
„Das ist es nicht", hält Marie dagegen. „Ich kenne Claudia. Auch wenn mir unsere Freundschaft entgangen ist, aber dieses Lachen ist ehrlich. Ich weiß wie sich ihr Gestelltes anhört und das ist kein Vergleich zu dem sorglosen Klang dieses Lachens."
„Sei doch nicht albern", entgegnet Novellin ihr.
„Ich bin nicht albern. Es ist die Wahrheit." Marie schlägt sich mit ihrer Hand gegen den Kopf. „Und ich wäre fast darauf rein gefallen. Wie bescheuert."
„Was soll sie nach deiner Meinung denn tun? Sie selbst kann an der Situation nichts ändern. Claudia hat eine Familie, die nun mal Vorrang hat. Es wäre nicht richtig von ihr, ihrer kleinen Tochter das Weihnachtsfest zu

verderben. Außerdem solltest du dich lieber an deiner eigenen Nase fassen. Immerhin war sie dir nicht mehr wert, als ein kurzes Lob ihrer Arbeit betreffend."
Marie nimmt keine Notiz davon. Wie gebannt ist ihr Blick auf Claudia gerichtet, die sorglos und glücklich mit ihrer kleinen Familie auf dem Sofa liegt. „Bring mich weg von hier."
„Aber…?", setzt Novellin an.
„Elli, ich meine es ernst", blafft Marie sie an. „Ich will gehen."
„Marie…!"
„Hörst du nicht? Oder willst du es nicht hören? Ich will weg von hier. Bring mich fort. Ich sage es nicht noch einmal", herrscht Marie sie an.
Novellin verkneift sich jedes weitere Wort und fliegt an ihr vorbei zur Tür, durch die sie zum ersten Mal gegangen sind. Marie wirft nochmal einen letzten Blick auf die überglückliche Familie, ihre Enttäuschung ist grenzenlos, über das lautstarke Lachen von Claudia. „Du hast genau die sechs Worte bekommen, die du verdient hast." Auch wenn sie Claudia nicht hören kann, ist es für Marie eine Erleichterung, ihrer Wut Ausdruck verleihen zu können. Selbstgerecht macht sie sich auf den Weg zur Tür, durch die Novellin schon geflogen ist.
Dahinter wartet ihre kleine Fee. Unter ihr befindet sich ein ähnliches Loch, wie gerade, bloß das dieses hier nicht leuchtet. Es ist vollkommen schwarz. Novellin streckt ihre Hand nach Marie aus. „Wollen wir?"
Marie reagiert nicht darauf. Ihre Wut ist allgegenwertig.

Ohne ein weiteres Wort zu verlieren, hüpft sie in die Dunkelheit hinein.

Maries Gedanken kreisen um das gerade gezeigte Erlebnis. Sie hatte Mitleid mit Claudia, die verzweifelt durch ihre Tat wirkte, doch im Endeffekt, hatte sie nur einen Schock. Einen Schock, der sich nach kürzester Zeit legte. Es ging ihr gut. Für Claudia war alles in bester Ordnung. Marie würde sich nicht wundern, wenn sie jetzt schon in Vergessenheit geraten würde. Vielleicht ist Claudia auch nur so verzweifelt gewesen, weil sie sich jetzt eine neue Putzstelle suchen muss, die nicht so gut bezahlt sein wird, wie ihre Letzte. Marie will ihren Gedankengang weiter ausbreiten, als plötzlich ein süßer Duft ihr in die Nase steigt.

Verwirrt schlägt sie ihre Augen auf. Vor ihr steht ein älterer Mann, in einem schwarzen Anzug und roter Krawatte. „Heiße Schokolade für die Dame?" In seiner Hand balanciert er ein hölzernes Tablett, mehrere Tassen befinden sich darauf.

Marie blickt um sich. Sie befindet sich wieder in dem Zugabteil, wie zu Beginn ihrer Reise. „Nein, danke."

„Sie könnten aber eine gebrauchen", meint der Mann verständnisvoll.

„Ach wirklich?", gibt Marie trocken von sich.

Der Mann übergeht ihren Tonfall. „Sie sehen etwas mitgenommen aus. Eine Tasse mit dampfender Schokolade ist die beste Medizin dagegen."

„Nein, danke." Sie lächelt flüchtig und wendet ihre Augen von ihm ab. Novellin kauert auf ihrem Nebenplatz. Ihr Kopf ist zum Fenster gedreht. „Alles in

Ordnung?"

Novellin atmet schwer ein. „Ja. Im Großen und Ganzen schon."

Ihre Ausdrucksweiße lässt Marie stutzig werden, da ihr Ton einem Vorwurf gleicht. „Aber?" Sie lehnt sich vor, um ihrer Fee ins Gesicht schauen zu können.

Novellin richtet ihre Aufmerksamkeit auf Marie. Ihre Mine ist finster gestimmt. „Bloß, weil ich eine Fee bin, heißt es nicht, dass du mit mir so umspringen darfst. Du hast dich auf diese Reise eingelassen, also ist wohl etwas Respekt nicht zu viel verlangt. Ich habe mir eine Menge Mühe gegeben, um dir alles so nahe wie möglich zu bringen und du keifst mich an."

„Ich respektiere dich", verteidigt Marie sich. Ihre Fee lacht verächtlich. „Ich meine es Ernst Elli. Ich habe großen Respekt vor dir und deiner Arbeit."

„Ist mir gerade nicht aufgefallen. Dein Ton lässt auf alle Fälle zu wünschen übrig. Du tust gerade so, als ob ich für alles verantwortlich bin." Sie wendet ihr Gesicht wieder der Aussicht zu. „Ich kann nichts dafür. Die Geschehnisse sind dein Werk. Sie zeigen, was du angerichtet hast. Wäre es mein Leben, würde ich es besser zu schätzen wissen." Der letzte Satz ist nur noch ein Flüstern, so als ob sie sich selbst die Bestätigung geben würde, ein Leben besser zu leben.

Unsagbare Reue keimt in Marie auf. Novellin meint es ihr nur gut und was tut sie? Sie lässt ihre Wut an ihr aus. Als ob ihre Fee etwas dafür könnte. Novellin trägt nicht die geringste Schuld. „Es tut mir leid. Es war nicht so gemeint", Maries Stimme klingt aufrichtig. „Es ist im

Moment nur zu viel für mich."
„Dann lass deine Wut nicht an mir aus. Alles, was du siehst, sind Ereignisse, reflektierend aus deiner Tat."
Marie will dagegenhalten, dass Claudias plötzliche Freude nichts mit ihrer Tat zu tun hatte, doch sie lässt davon ab. Erneut einen Streit anzufangen würde die Situation nicht besser machen. „Du hast recht. Ich gebe mich geschlagen." Sie hält Novellin ihre Hand entgegen. „Waffenstillstand?"
„Waffenstillstand." Ihre Fee schlägt ein.
Für einen kurzen Moment weiß Marie nichts zu sagen. Sie belehrt sich selbst, ihr Temperament in Zaun zu halten. Schließlich ist Novellin die Letzte, die etwas dafür kann. Alles, was gezeigt wird, hat nichts mit ihr zu tun, sondern mit den Menschen in Maries Leben. „Ich glaube, eine Tasse heiße Schokolade, wäre gerade recht. Willst du auch eine Elli?"
Sie nickt. „Gerne." Marie hält Ausschau nach dem Kellner von gerade. Er ist nicht in Sichtweite. Missmutig räuspert sie sich.
„Willst du über das gerade passierte reden?" Novellins Stimme klingt plötzlich weicher.
„Nein."
„Es würde dir gewiss gut tun. Außerdem, ist es anders, als du denkst."
„Elli bitte, lass es gut sein." Marie ist bemüht ihren Ton ruhig zu halten. Ihre Wut lodert immer noch wie ein Feuer tief in ihr. „Lass uns über alles andere reden, nur nicht über das."
„Wie du meinst."

Kapitel 6

Maries Augen schweifen im Abteil umher. Fast jeder Sitz ist leer. „Wo sind die anderen?"
Novellin weiß sofort, was sie meint. „Die sind auf ihren Reisen."
„Ah verstehe." Sie lässt von einem Mann mit Bart ab, der sich gerade seine Nase putzt. Der Weihnachtsbaum, der verkehrt von der Decke hängt, leuchtet weiß. „Was ist unsere nächste Station?"
„Sei nicht so ungeduldig." Ein Lächeln umspielt Novellins Mundwinkel. „Nur so viel, es wird dich überraschen."
Novellins Aussage verwundert Marie. „Ach komm schon. Mach es nicht so spannend."
„Nein", gibt sich die Fee unnachgiebig. „Hast du einen Freund?"
Der Themenwechsel verwundert Marie. „Als ob du dir die Frage nicht selbst beantworten kannst."
„Wie wahr. Und einen Verehrer?"
Marie verdreht ihre Augen. „Nein es gibt niemanden in meinem Leben." Novellin lacht laut auf. „Was?"
„Ach nichts." Mit ihren Fingern geht sie durch ihre Wuschelmähne. „Du wirst es bald sehen."
„Worauf warten wir dann?"
„Wir warten darauf, dass du dich beruhigt hast, nur dann kann die Reise weitergehen."
„Ich bin ruhig", versichert ihr Marie.
„Wirklich? Wolltest du nicht eine Tasse heiße

Schokolade?"

„Es geht auch ohne. Die Tasse hat nichts mit meinem Gemütszustand zu tun."

Novellin sagt nichts dazu. Ihre Augen mustern Marie ausgiebig, so als ob sie in sie hineinschauen wolle, in der Hoffnung, eine Lüge aufzudecken. Marie hält ihren Blick stand und versucht den Schmerz, den die erste Station bei ihr hinterlassen hat, sich nicht anmerken zu lassen. „Wenn das so ist", meint plötzlich ihre Fee und kommt von ihrem Platz hoch. Sie fliegt zur Tür. „Auf zur nächsten Station."

Marie folgt ihr. Wieder befinden sie sich in dem Raum, mit den Bildern an der Wand, die Maries Leben widerspiegeln. Während sich Novellin erneut an die Arbeit macht, ein Loch in den Boden zu zeichnen betrachtet Marie die Fotografien. Eines zeigt sie bei ihrem Umzug nach Berlin. Ihre Geschwister sind im Hintergrund zu sehen, wie sie die Vorhänge aufreihen und ihre Eltern stehen neben ihr, und streichen die Wand. Diesen Tag hat sie gar nicht mehr in Erinnerung gehabt. Es war einer der letzten Tage, wo sie alle zusammen waren, bis sich Marie entschloss, ihre Karriere den Vorrang zu lassen.

„Bist du soweit", erklingt Novellins Stimme.

Marie wendet sich ihr zu. „Ja es kann losgehen." Sie tritt auf das leuchtende Loch im Boden zu und springt ohne große Überlegung hinein.

Erneut ist da dieses unbeschreibliche Gefühl der Schwerelosigkeit. Als ob sie fliegen könnte. Ihre Neugierde folgend, öffnet sie ihre Augen. Es ist nichts

zu erkennen. Um Marie herum ist es nur unbeschreiblich hell, als ob sie in die Sonne schauen würde, die direkt vor ihr ist. Jedoch schmerzt es ihre Augen nicht. Marie dreht und wendet ihren Kopf in alle Richtungen, doch es ist nicht zu erkennen. Sie sieht weder Wolken, noch Landschaften, noch Novellin. „Elli!!!!" Keine Antwort. „Elli, wo bist du?"
Plötzlich wird es noch heller, als zu vor. Die Umgebung glüht richtig. Marie kneift ihre Augen angestrengt zusammen, da sie das Gefühl hat, sie würden leicht schmerzen. Dunkelheit umgibt sie. „Elli?"
Mehrere Stimmen dringen an Maries Ohr, die sie dazu bringen, ihre Augen zu öffnen. Im ersten Moment weiß sie gar nicht, wo sie ist. Es ist stockdüster. „Elli?"
„Hinter dir", ist da die Stimme ihrer Fee.
Das Licht geht an und eine ältere Frau mit rot gefärbten Haaren erscheint im Türrahmen. Sie trägt einen grauen Anzug. „Wo bleiben nur die beiden Jungs? Sie sollten seit zwei Stunden hier sein." Die Unbekannte greift nach einer Flasche Glühwein, die in einem bis zur Decke gehenden Regal steht. Daneben befinden sich Unmengen an Lebensmitteln, wie Wurst und Obst. In diesem Augenblick wird Marie klar, sie befindet sich in einer Speisekammer. Die Fremde verschwindet aus dem Raum, aber lässt die Tür einen Spalt weit offen. Auf leisen Schritten geht Marie darauf zu und starrt neugierig in das angrenzende Zimmer hinaus, wo eine Menschenschar an einem großen Tisch sitzt. Mit Adleraugen betrachtet sie jeden von ihnen. Es sind drei Männer, zwei Kinder und vier Frauen. Alle sind sie

festlich angezogen.

„Lass mich auch mal sehen." Novellins Hand liegt auf Maries Schulter und drückt sie sacht gegen die Tür. Ohne sich zu wehren, geht Marie hindurch. Beide kommen vor der Spitze des Esstisches zu stehen, an der ein alter Mann mit dunkelblauem Anzug sitzt. Er unterhält sich gerade ausgiebig mit zwei Blondinen, die links und rechts von ihm sitzen. Neben ihnen sitzen zwei Männer, einer von ihnen hält einen kleinen Jungen auf seinem Schoß während der Andere um den Tisch herum läuft. Drei Plätze sind noch frei.

„Setz dich doch endlich hin, Sebastian", belehrt eine Frau in Umstandskleidung den Jungen. „Lauf nicht immer Mutter vor ihren Füßen rum."

„Mach dich nicht lächerlich, Sabine. Er tut doch nichts", erwidert die ältere Frau von gerade eben ihr und kommt mit einer Gans auf den Tisch zu. „Mach mal Platz. Der Vogel ist ziemlich schwer." Ihre Augen sind auf eine der Blondinen gerichtet und dem Mann, der den Jungen im Arm hält.

„Sorry Mum." Er lehnt sich nach links, damit sie freie Bahn hat. „Brauchst du wirklich keine Hilfe?"

„Nein, es geht schon." Sie setzt das Tablett in die Mitte der feierlich gedeckten Tafel. „Hab ich auch nichts vergessen?" Mit ihren Fingern zählt sie alles ab. „Knödel, Blaukraut, Bratäpfel, Gans, Soße, drei verschiedene Salate, Wein und Wasser."

„Da hast du dir wirklich Mühe gegeben, Schatz, alle Achtung", lobt sie der grauhaarige Mann am Ende des Tisches.

„Stimmt. Sieht alles lecker aus und wie es riecht", pflichtet der letzte Mann von den Dreien ihm bei. Die anderen nicken nur mehrmals.

„Wann können wir essen?", kreischt das Kind, was gerade noch um den Tisch gelaufen ist und nun an einem der freien Stühle sitzt, ungeduldig."

„Wenn wir vollzählig sind, können wir essen, also warte Sebastian", belehrt ihn die schwangere Frau. Ihre Augen wandern zur Köchin. „Tut mir leid, Marta. Er hatte noch nichts zum Essen."

„Halb so wild." Sie winkt beschwichtigend ab. „Wo bleiben nur die beiden? Sie sind eigentlich immer pünktlich. Es wird ihnen doch nichts passiert sein."

„Nur keine Panik Mum. Die kommen noch und wenn nicht, bleibt eben mehr für uns." Der Mann packt den Jungen fester und will auf den Tomatensalat zugreifen.

„Untersteh dich, David." Marta kommt mit einem Kochlöffel auf ihn zu und schlägt sanft auf seine Hand. „Kannst du nicht warten?"

„Mum?!" Er schüttelt sein Gelenk vor Schmerzen. „Das hat jetzt echt wehgetan."

„Sei nicht so eine Memme David", scherzt die Blonde ihm rechts gegenüber sitzend.

Er erwidert ihr lächeln säuerlich. „Weil Weihnachten ist, ignoriere ich meinen inneren Drang, dir den Mittelfinger zeigen zu wollen." Marta schlägt ihn sanft auf den Hinterkopf, nach dem er fertig geredet hat. „Mum?!?"

„Nichts Mum. Müsst ihr denn immer streiten?", will sie wissen.

„Wir streiten nicht", wirft die Blondine ein. „Wir tauschen uns nur aus."
„Außerdem hat sie angefangen", setzt David nach.
Marta verdreht ihre Augen und geht vom Tisch weg. „Der reinste Kindergarten."
Marie hat dem Szenario lang genug zugehört und zugesehen. Sie wendet sich an Novellin, die es sich gerade auf dem Kühlschrank bequem gemacht hat. „Schön, nicht wahr Marie?"
„Wer sind diese Leute? Ich kenne keinen Einzigen von ihnen."
„Warts nur ab." Ihre Augen strahlen richtig bei ihren Worten.
„Auf was?", Maries Stimme wirkt leicht genervt.
Novellin hebt den Zeigefinger. „Warte." Marie spitzt die Ohren, als ob sie auf ein Signal warten würde. Es vergehen einige Sekunden, bis Novellin ihre Hand fallen lässt und ihr Finger zur Tür zeigt. „Jetzt!"
Wie gebannt starrt Marie neben sich. Die Tür geht auf und zwei Männer treten in Erscheinung. Einer von ihnen hat seine langen Haare zu einem Pferdeschwanz zusammengebunden und trägt einen grauen Pullover. Der Andere hat kurzgeschnittene braune Haare und sein weißes Hemd in die Jeanshose gesteckt.
„Daniel! Peter! Da seid ihr ja." Marta kommt mit ausgebreiteten Armen um den Tisch. „Ich war schon ganz krank vor Sorge." Sie umarmt die jungen Männer herzlich. „Wo wart ihr denn so lange?"
„Sorry Mum. Heute ist einfach alles schief gegangen. Das Auto hat gestreikt, wir mussten ewig an der Kasse

warten und der Verkehr war mörderisch."

„Die Hauptsache ist: Ihr seid jetzt endlich hier, Peter." Sie lässt ihn los und zwickt den Zweiten in die Backe. „Gesund und munter."

Maries Augen weiten sich. Ihr Blick wird genauer, da sie annimmt zu träumen.

„Und, kennst du jetzt einen davon?" Novellin kommt vom Kühlschrank heruntergesaust und neben ihr zum Stehen.

„Das ist mein Arbeitskollege Dan...", sie hält kurz inne. „Mein ehemaliger Arbeitskollege Daniel Müller."

„Genau." Novellin klatscht vor Aufregung in ihre Hände.

Peter kommt an den gedeckten Esstisch und begrüßt alle mit einem gutgelaunten: „Schön euch zu sehen!"

Maries Augen sind weiter auf Daniel gerichtet, der seiner Mutter einen Kuss auf die Wange gibt. „Frohe Weihnachten Mum."

„Dir ebenfalls Junge." Sie drückt ihn nochmal fest an sich. „Geht's dir gut?"

„Alles bestens." Daniel lächelt milde. „Und dir?"

„Ach man lebt so dahin", spaßt sie. „Und jetzt setz dich. Wir warten schon eine Ewigkeit auf euch."

Er nickt. „Das musst du mir kein zweites Mal sagen."

Marie sieht Daniel nach, der nun ebenfalls alle am Tisch begrüßt. „Habt ihr noch Platz für einen?"

„Klar." Sabine deutet auf den freien Stuhl, zwei Plätze neben ihr. „Du musst es dir nur noch bequem machen, Schwager."

„Wie geht's dir?", fragt Daniel und nimmt Platz.

„Wie soll es einer Frau im siebten Monat schon gehen?",
ihr Ton ist sarkastisch. „Mir tun die Füße weh, ich passe
in keine meiner Lieblingshosen und mein Essverhalten
im Moment, ist mehr als ungesund." Sie lehnt sich ihm
entgegen. „Schokolade und Essiggurken."
„Ihhh." Daniel verzieht sein Gesicht. „Allein schon bei
der Vorstellung, du isst alles zusammen, wird mir
schlecht."
„Typisch Männer. Schwängern könnt ihr uns, aber die
Schwerstarbeit bleibt an uns hängen", hält sie dagegen.
„Dann sag meinem Bruder: Er soll damit aufhören", rät
er ihr.
„Sag du es ihm."
„Bin ich mit ihm verheiratet, oder du?", stellt er
rhetorisch die Frage.
„Vielleicht lass ich mich auch scheiden", kontert sie.
„Marie?" Ist da plötzlich Novellins Stimme, die sie von
dem Gespräch ablenkt.
„Ja?"
„Was ist los? Du wirkst so irritiert."
„Naja", Marie sucht nach den richtigen Worten.
„Ja?"
„Also wer ist hier mit wem verwandt? Marta ist die
Mutter. Der Mann am Kopfende des Tisches ist der
Vater."
„Du meinst Bernhard."
Marie nickt. „Bernhard ist der Vater. Der Mann mit dem
Kind ist David."
„Das ist sein Junge Josef. David ist der Sohn von Marta
und Bernhard."

„Peter und Daniel aber auch", fügt Marie noch hinzu.
„Ja und der Mann neben der linken Frau von Bernhard, ist Markus, auch ein Sohn. Die beiden Blondinen sind jeweils Klara und Anita, Letztere sitzt rechts von Bernhard."
„Und das sind?"
„Klara ist die Freundin von Peter. Anita die Frau von David. Sabine ist mit Markus verheiratet. Sie haben einen Sohn Sebastian und ein weiteres Kind ist unterwegs, wie man sieht", leiert Novellin herunter und deutet mit ihrem Finger am Tisch hin und her.
„Verstanden?"
Marie überlegt noch einmal genau. „Ich glaube schon. Marta und Bernhard sind die Oberhäupter einfach ausgedrückt. Ihre Söhne sind Daniel, Markus, David und Peter. Klara ist die Freundin von Peter, Anita die Frau von David und Mutter von Josef, Sabine ist mit Markus verheiratet, die beiden haben Sebastian." Sie deutet auf den Jungen, der am Stuhl freudig hin und her rückt.
„Du hast es verstanden", meint Novellin nur darauf.
„Was ist mit Daniel?" Maries Augen wandern zu ihm.
„Was soll mit ihm sein?"
„Hat er keine Freundin?"
„Warum fragst du?", pure Verwunderung schwingt in Novellins Worten mit.
„Weil ich keine sehe."
„Mhhh, anscheinend nicht. Warum?"
Marie schenkt Novellin keine Beachtung. Ihre Aufmerksamkeit ist voll und ganz auf Daniel gerichtet.

Für Marie war er sonst immer nur ein Kollege bei Global-Welt-Geschehen. Irgendein Typ, mit dem sie zusammenarbeitet. Sie hat nicht mehr in ihm gesehen, aber die Tatsache er könnte keine Freundin haben, irritiert sie jetzt doch ungemein. Zum allerersten Mal sieht sie ihn wirklich an. Er ist ein groß gewachsener junger Mann mit breiten Schultern und einem schönen Lächeln. Marie tritt näher an ihn heran. Von der Seite aus sieht sie ihm in die Augen. „Blau!"
„Was?", will Novellin wissen.
Marie nimmt keine Notiz von ihr. Sie kommt näher und riecht an seinem Nacken. Ein unbeschreiblich süßer und frischer Duft steigt ihr in die Nase. Im selben Moment boxt Daniel Peter in den Oberarm. Sofort fällt ihr sein muskulöser Arm auf. Einem inneren Instinkt folgend, betrachtet sie seine Brust, die sich unter dem weißen Hemd spannt. „Oh! Er trainiert." Sie will ihm durch seine kurzen, braunen Haare fahren, als plötzlich Novellins Stimme ertönt. „Er sieht gut aus, nicht wahr?"
„Oh ja", muss sich Marie eingestehen. „Wieso ist mir das noch nie aufgefallen?" Sie zieht ihre Hand von seinem Kopf zurück, ohne ihn berührt zu haben. „Schließlich arbeiten wir seit Jahren Tür an Tür. Wir haben uns in den Fluren oder in Besprechungen immer gegrüßt, hin und wieder auch geredet. Mit Heino und Paula trinken wir täglich eine Tasse Kaffee, um den Arbeitstag einzuläuten und doch ist mir entgangen, wie gut er aussieht."
„In den letzten Jahren ist dir so einiges entgangen, Marie.

Marie lässt von Daniel ab und geht zurück zu ihrer Fee. Ihr Blick ist wachsam. „Warum sind wir nochmal hier?"
„Warts ab, du wirst es noch früh genug herausfinden. Sieh und hör einfach zu."
Marie lässt Novellins Aussage unbeantwortet und betrachtet die Großfamilie, wie sie sich alle über das mühevoll zubereitete Essen hermachen. Gespannt lauscht sie den Gesprächen, die sich um Sport, Arbeit und dem Weihnachtsprogramm im TV drehen.
„Und wie läuft es bei dir auf Arbeit, Daniel?", fragt Bernhard nach und tut sich noch etwas von dem Rotkraut auf.
Wie gebannt wartet Marie auf seine Antwort. „Es läuft gut. Wir hatten zwar die letzten Wochen viel um die Ohren, aber letztendlich läuft es gut."
Maries Verwunderung über seine Scheinheiligkeit entgeht Novellin nicht. „Was hast du?"
„Warum lügt er?" Sie wendet sich ihr zu. „Er ist wie ich ab Februar arbeitslos. Warum sagt er ihnen nicht die Wahrheit?"
Novellins Blick wandert zu Daniel. „Er will seine Eltern nicht beunruhigen", stellt sie selbstsicher fest. „Und nicht jedem, ist die Arbeit so wichtig wie dir. Er weiß, dass es noch andere Stellen in der Branche gibt. Es ist kein Weltuntergang für ihn. "
„Kann ich mir vorstellen. Er hat sich auch nicht so reingehängt wie ich."
„Ach Marie. Von einer Frau mit deinen Fähigkeiten, erwartet man eigentlich mehr Weitblick", tadelt Novellin sie. „Du bist eingefahren und verklemmt, in so

vieler Hinsicht."

„Ich bin nicht verklemmt und eingefahren. Man kann mich und Daniel nur nicht vergleichen."

„Ach nein?"

„Nein. Ich habe Tag und Nacht gearbeitet." Sie deutet auf sich. „Ich hatte die letzten Jahre kaum etwas vom Leben. Daniel jedoch." Nun zeigt sie auf ihn. „Er hatte etwas vom Leben. Er hat sich nicht so angestrengt, wie ich es tat."

„Komisch." Novellin grinst leicht. „Und doch steht ihr jetzt an derselben Stelle."

Novellins selbstgefällige Aussage erzürnt Marie. „Sollte mich diese Reise nicht aufbauen? Im Moment spüre ich nichts davon."

„Das ist nicht witzig, Marie", belehrt Novellin sie.

„Ich lache auch nicht, Elli." Ihr Blick wird finster. „Ich will jetzt endlich wissen, warum wir hier sind."

Novellin will zum Sprechen ansetzen, als ein Läuten den Raum erklingt. Marie blickt wirr um sich. „Ist dass Gott?"

„Nein, die Türklingel", erwidert Novellin trocken.

Maries Aufmerksamkeit wandert zur Tür, durch die gerade Peter verschwindet.

„Wer könnte das um diese Zeit sein?", fragt Bernhard in die Runde.

„Vielleicht das Christkind", entgegnet Sebastian ihm aufgebracht.

„Dafür ist es noch zu früh, Liebling", erwidert Marta dem Jungen süßlich.

Gebannt starren alle zur Tür, neben der Marie steht.

Wohl wissend unsichtbar für sie zu sein, wechselt Marie ihre Position um zwei Schritte. „Irritierend, wenn sie alle auf dich starren."

Ihre Augen richten sich auch zur Tür. Lauter werdende Schritte hallen an ihr Ohr.

„Na, sieh mal an, was die Kälte uns ins Haus gebracht hat", scherzt Peter und deutet hinter sich. Im Türrahmen erscheint eine junge Frau, mit dunkelbraunen Haaren und Brille. Sie trägt ein schwarzes, bis zu den Knien gehendes Kleid.

„Sonja!", kreischt Sebastian freudig und lässt von seinem Knödel ab. In Windeseile kommt er auf sie zugelaufen und umarmt sie herzlich.

Die anderen am Tisch stimmen in die Begeisterung des Jungens mit ein. Sie begrüßen Sonja lautstark und Marta umarmt sie ebenfalls.

Marie mustert die Frau ausgiebig. „Wer ist das, Elli?"

„Warte auf ihre Reaktion, wenn sie alle am Tisch begrüßt hat", meint Novellin nur.

Marie verdreht ihre Augen, bei dem Gedanken, dass eine Nachbarin oder Verwandte als Antwort zu viel verlangt zu sein scheint. Ihre Aufmerksamkeit ist auf die Gesichtszüge der Unbekannten gerichtet.

Für eine Millisekunde weiten sich die Augen, der Fremden. „Daniel, du ganz alleine hier?", der Ton in ihrer Stimme wirkt verschwörerisch.

„Was?", piepst Marie und sieht zu ihm. Seine Augen leuchten richtig bei ihren Worten. „ Oh nein, bitte nicht."

„Oh doch", versichert ihr Novellin.

„Jetzt nicht mehr." Daniel grinst über beide Ohren.
„Lieb von dir." Sonja geht auf ihn zu und umarmt ihn innig.
Die Blicke, die sie austauschen, sprechen mehr als tausend Worte. Daniel steht vom Tisch auf und verschwindet unter dem Rundbogen in den Nebenraum. Es dauert einige Sekunden, bis er mit einem Stuhl in der Hand zurückkommt. Währenddessen haben die anderen aufgerückt, damit die neu Zugestoßene Platz neben ihm finden kann.
„Setz dich", weist er sie an.
„Wie immer ein Gentleman", haucht sie ihr Kompliment und nimmt Platz, während er den Stuhl heran schiebt.
„Er hat eine Freundin?" Maries Gesicht ist von Enttäuschung gezeichnet.
„Warum auch nicht?" Novellin schmachtet richtig. „Er ist toll."
Marie übergeht ihr Gerede. Die neue Erkenntnis trifft sie wie ein Schlag in ihre Magengrube. Sprachlos blickt sie in die Runde. Nachdem sich die ganze Familie ein Bein ausgerissen hat, Sonja alles Mögliche zu fragen und zu erzählen, wenden sie sich wieder untereinander zu und reden, nur Daniel nicht. Er hängt regelrecht an ihren Lippen. Maries Augen gelten nur noch den beiden. Mit Bedacht geht sie einen Schritt auf den Tisch zu. Es ist zu laut im Raum, als das sie etwas verstehen könnte. „Über was reden sie?"
„Manchmal reichen schon Gestik und Mimik, um zu verstehen", belehrt Novellin sie.

Keine Sekunde später liebkost Sonjas Hand sanft Daniels Wange. „Ah, ich verstehe, was du meinst."
„Abartig", witzelt Peter neben Sonja. „Nicht einmal vor der gesamten Familie, könnt ihr euch benehmen. Nehmt euch ein Zimmer."
Daniel zeigt ihm den Mittelfinger, während Sonja ihn hart gegen die Schulter boxt. „Kümmere dich lieber um deine Freundin."
Peter holt zum Gegenschlag aus.
„Untersteh dich", droht Daniel ihm spaßig.
„Ist ja schon gut." Er hält beide Hände ergebend hoch.
Sonja und Daniel wenden sich von ihm ab und reden angestrengt weiter.
Leichtes Missfallen regt sich in Marie gegenüber Sonja. Obwohl sie sich völlig fremd sind, ist sich Marie sicher, nie Freundschaft mit ihr schließen zu wollen. Sonja himmelt Daniel offenkundig an, was Marie noch mehr erzürnt. Blanker Neid nimmt von ihr Besitz. Sie ballt ihre Hand zur Faust.
„Gibt es ein Problem, Marie?"
Sie übergeht Novellins Frage. „Können wir gehen?"
„Nein."
„Warum denn nicht? Was willst du mir zeigen?", sie lässt Novellin gar nicht zu Wort kommen. „Wie man richtig Weihnachten feiert? Ob du es mir glaubst oder nicht: Ich weiß, wie man Weihnachten feiert und besinnliche Feiertage mit der Familie verbringt." Mit einer Kopfneigung deutet sie zu der Menschenschar am Tisch. „Die Müllers sind nicht die Einzigen. Wir haben auch jedes Jahr ein Festessen, mit einem Vogel, der so

groß ist, dass er gar nicht in den Ofen passt und mit stimmungsvoller Musik im Hintergrund und mit einem Weihnachtsbaum, der so groß ist wie unser Haus und massenhaft Plätzchen und literweiße Glühwein. Ich weiß, wie man Weihnachten feiert."
Novellins Stirn liegt in Falten. „Warum erzählst du mir das? Ich doch alles nichts Neues für mich."
„Warum müssen wir dann hier bleiben?"
„Weil du sehen sollst, wie andere mit der neuen Situation umgehen", gibt ihr die Fee zu verstehen. „Daniel ist in sechs Wochen arbeitslos wie du und sieh in dir an: Es kümmert ihn nicht. Er ist zuversichtlich und verbringt nicht den Vorweihnachtsabend mit Schlaftabletten und Selbstmordgedanken."
„Nein. Deswegen sind wir nicht hier", stellt Marie selbstsicher fest.
„Ach nein? Jetzt bin ich aber mal gespannt. Weswegen sind wir dann hier?"
„Wir sind hier, weil du mir zeigen willst was ich in den letzten Jahren versäumt habe. Hätte ich mich mehr auf andere Sachen konzentriert, würde ich auch einen Freund haben." Marie scheint ein Licht aufzugehen. Novellins Frage zu Beginn der zweiten Station nach einem Freund oder Verehrer kommt ihr in den Sinn.
„Ich bin sogar überzeugt, dass du mir mit diesem Besuch zeigen willst, dass ich seine Freundin hätte sein können. Deswegen hast du mich gerade nach meinem Liebesleben gefragt. Du wolltest wissen, ob ich einen Freund oder Verehrer habe. Du willst mir jetzt damit sagen: Es ist meine Schuld, dass nun Sonja an seiner

Seite sitzt und nicht ich."

„Ist das so?", setzt Novellin dagegen.

„Ja." Maries Blick schweift zu Daniel. „Es gibt weiß Gott bessere Beispiele, als ihn, aus meiner Arbeit. Mein Chef oder Paula. Mit denen habe ich mehr Kontakt gehabt, als mit ihm. Aber nein. Wir sind hier bei Daniel."

„Du hast eine wahnsinnigschnelle Auffassungsgabe, alle Achtung", lobt Novellin sie.

„Naja, die Zeichen, die du setzt, sind mehr als deutlich."

„Also gibst du zu, dass du gern Daniels Freundin wärst?", will Novellin wissen.

Maries Blick wandert zu ihm. Die Art, wie er mit Sonja umgeht, sie umwirbt, ist schön anzusehen. Sie selbst hat zwar nie viel mit ihm geredet all die Jahre, aber er war immer freundlich und zuvorkommend. Wie gern würde sie die Zeit zurückdrehen. Wie gern würde sie ihr abweisendes Verhalten, gegen ein offenes eintauschen.

„Und?", bohrt Novellin weiter nach.

„Ja und nein. Ich gebe zu, dass er mir gefällt und wenn ich die Macht hätte, Schicksale zu wenden, würde ich sofort mit Sonja tauschen, aber anderseits muss ich auch gestehen, die beiden passen zusammen. Es fällt mir zwar schwer, es zuzugeben aber es ist so. Die beiden haben sich verdient." Marie ist bemüht, ihre Worte aufrecht klingen zu lassen. Klar wünscht sie Daniel und Sonja nichts Schlechtes, aber es ist ein bitterer Beigeschmack dabei, immerhin hätte sie Chancen bei ihm gehabt. Chancen, die sie nicht genutzt hat.

„Du machst erhebliche Fortschritte", gibt Novellin gutmütig zu.

„Danke", nimmt Marie ihr Kompliment an, obwohl die Erkenntnis sie niederschmettert. Sie zwingt sich zu einem Lächeln, um den Schein zu wahren. „Können wir jetzt gehen?"
„Nein. Unser Besuch ist noch nicht zu Ende."
Prompt in dem Moment, als Marie zu reden ansetzen will, stehen Peter, Sonja, Daniel und Marta vom Tisch auf. „Wenn ihr nicht mitkommen wollt, dann könnt ihr zumindest den Tisch abräumen", sagt die Letztere von Ihnen.
Bernhard reibt sich seinen Bauch. „Entschuldigung Schatz, aber ich bin zu voll, um mir die Füße zu vertreten."
Sonja, Peter und Daniel machen sich schon auf den Weg, raus aus dem Zimmer.
„Außerdem ist es verdammt kalt draußen", setzt Klara noch nach. „Aber mach dir keinen Kopf, wir räumen alles ab und machen sauber."
„Danke", erwidert Marta nur.
„Das versteht sich doch von selbst, bei der Haufen Arbeit, die du dir gemacht hast", antwortet ihr nun Anita.
„Bis wann gibt's Bescherung?", fragt Sebastian ungeduldig nach.
„Wenn wir wieder zurück sind, Schatz", antwortet ihm Marta. Sie wendet sich ab und will ebenfalls durch die Türe gehen, als Daniel darin erscheint.
„Hier Mum. Es ist wirklich kühl draußen." Er reicht ihr einen braunen Mantel mit Pelzkragen. Er selbst ist in einen schwarzen Mantel eingehüllt.

„Lieb von dir." Sie nimmt Daniel den Mantel ab und zieht ihn sich über. „Jetzt aber los."
Hastig gehen sie voran. Bevor die Tür ins Schloss fällt, gibt Novellin Marie einen sanften Schups. „Worauf wartest du? Los, ihnen nach."
Maries Stirn liegt in Falten. „Ok?!"
Nachdem sie durch drei Türen gegangen sind, befinden sie sich außerhalb des Hauses. Marie lässt den Blick schweifen und begutachtet die Fassade. Es ist ein großes, weißes Haus mit angrenzender Garage, in der sich Platz für zwei Autos finden. In unmittelbarer Nähe sind Stimmen zu hören.
„Da entlang!", ruft Novellin und deutet auf die Straße.
„Warte Elli!" Novellin hat es so eilig, dass Marie Mühe hat hinterher zu kommen.
Es dauert einen Moment, bis sie die Einfahrt hinter sich haben und auf dem Fußgängerweg sind. Marta, Sonja, Daniel und Peter gehen unmittelbar vor ihnen.
„Und wie geht's jetzt weiter?", will Marie wissen.
Novellin legt sich ihren Zeigefinger auf die Lippen. „Pst." Mit ihrem Kopf deutet sie nach vorne zu den anderen.
Marie versteht sofort. Sie spitzt ihre Ohren und lauscht angestrengt.
„Wenn jeden Tag Weihnachten wäre, würdest du dich schon nach zwei Wochen langweilen", belehrt Marta einen von den Dreien gerade.
„Ist doch gar nicht wahr", wehrt sich Peter.
„Ach nein?", Martas Stimme wirkt sarkastisch. „Es ist jeden Tag Weihnachten, jeder Tag ist ein Feiertag und

das 365 Tage im Jahr?"

„Ich stell mir das schon toll vor." Peter verstaut seine Hände in der Manteltasche.

„Wirklich? Du kannst ohne Fußball leben?"

„Oh, du hast recht. Nein natürlich nicht", gibt er sich einsichtig.

„Jeden Tag ist zu viel, aber einmal im Monat wäre toll", grübelt Sonja darüber nach, die sich bei Daniel untergehakt hat.

„Das ist auch noch zu viel. Wenn einmal im Monat Weihnachten wäre, würdet ihr es gar nicht zu schätzen wissen, was es bedeutet mit der Familie an diesen besonderen Tagen zusammenzukommen", spricht aus Marta die Weisheit.

„Da ist was Wahres dran", sagen beide wie aus einem Mund.

Daniel geht wortlos vor ihnen her, sein Blick gilt der Ferne.

„Schatz, alles in Ordnung? Du bist so still", Martas Stimme wirkt besorgt. „Ist dir mein Essen nicht bekommen?"

„Unsinn." Er lacht kurz auf. „Es geht mir gut."

„Marta!!", ruft plötzlich eine unbekannte Frauenstimme durch die Abenddämmerung. Marie blickt verwirrt um sich.

„Rosalie, warte ich komme!", entgegnet Marta der fremden Stimme und wendet sich den andern drei zu. „Ich schau mal schnell bei ihr rein. Geht ihr schon mal weiter und beim Zurückgehen läutet ihr und nehmt mich wieder mit."

„Ok." Sonja nickt. „Und richte Rosalie von uns schöne Grüße und frohe Weihnachten aus."
„Mach ich." Sie geht links von ihnen weg.
„Wetten, wenn wir später läuten, hat Mum Rosalie im Schlepptau?", scherzt Peter, als er seine Mutter außer Hörweite glaubt.
„Das hat doch Tradition." Daniels Gesicht verzieht sich zu einem milden Lächeln. „Es ist jedes Jahr dasselbe, Gott sei Dank."
„Es sind eben harte Tage für Rosalie. Vor drei Jahren um dieselbe Zeit rum, ist immerhin Gustav gestorben." Sonjas Stimme wirkt betrübt. „Schrecklich, wenn man bedenkt, dass der zweite Weihnachtsfeiertag zugleich der Todestag des Ehemannes ist."
Marie läuft es eiskalt den Rücken hinunter bei Sonjas Worten. Daran hat sie gar nicht gedacht. Weihnachten ist ein Fest, das man feiern sollte. Wie würde ihre Familie damit umgehen, wenn es zugleich ihr Todestag wäre? Durch ihre Tat hätte sie nicht nur die Leben ihrer Familie kaputt gemacht, sondern auch das Weihnachtsfest. In diesem Moment wird ihr klar, wie egoistisch ihr Verhalten doch ist. Wenn man schon sein Leben beenden will, dann nicht vor so großen Festtagen wie Weihnachten. Novellin bemerkt Maries Unbehagen, doch sie sagt kein Wort. Sie fliegt neben ihr her und betrachtet die Drei vor ihnen.
„Er war wirklich ein guter Mensch", stellt Sonja fest. „Wisst ihr noch, immer wenn wir abends in seinem Laden aufkreuzten, hat er uns Eis und Bonbons geschenkt."

„Und immer hat er gesagt: Aber sagt euren Eltern nichts. Ihr dürft vor dem Abendessen nichts Süßes essen", erinnert sich Daniel. „Und wisst ihr die Geschichten noch, die er uns erzählt hat, wenn keine Kundschaft im Laden war?"

„Natürlich und immer mit denselben Anfangsworten: Wie ich noch jung war, also vor mehr als hundert Jahren", aus Sonjas Stimme ist ein Lächeln zu hören.

„Ich habe ihm die Geschichten wirklich abgekauft."

„Nicht nur du. Er hat sie so ernst erzählt, dass ich wirklich geglaubt habe, er war Pirat und ist am Rande der Welt entlang geschippert", gibt Peter zu.

„Genau zu seiner Zeit, glaubte man noch die Welt wäre eine Scheibe", dämmert es Daniel. „Also ich mochte seine Geschichte mit dem Wanderzirkus am liebsten."

„Das war doch die, in der er Ballons verkaufte und eines Tages so viel mit Helium füllte, dass sie ihn forttrugen", geht Peter näher darauf ein. „Diese Erzählung liebe ich. Gustav kam bis Amerika damit."

„Er war wirklich ein Original", lobt Sonja ihn.

„Oh ja, das war er", stimmen Daniel und Peter mit ein. Plötzlich ist es still. Keiner sagt ein Wort von ihnen. Daniel, Peter und Sonja sind in Gedanken bei Gustav. Ein Gefühl von Bedauern macht sich in Marie breit.

„Ok. Ich habe es verstanden Elli." Ihr Blick wandert zu Sonja, die sich fester an Daniel klammert und ihren Kopf an seine Schulter legt. Ein leichter Anflug von Reue überkommt sie. „Können wir jetzt gehen?" Novellin schüttelt ihren Kopf. „Was kommt denn noch?"

„Lasst uns das Thema wechseln, Leute", wirft Peter ein.
„Wie geht's eigentlich deiner Freundin?" Sein Blick ist auf Daniel gerichtet.
Marie ist verwundert bei dieser Frage. „Was?"
„Welche Freundin", will Sonja wissen.
„Na, die Süße aus seiner Arbeit", erklärt er weiter.
„Nenn sie nicht so", entgegnet Daniel ihm trocken.
„Warum? Sie ist doch süß. Hab erst kürzlich ein Foto von ihr in eurer Zeitschrift gesehen. Ein heißes Gerät. Normal stehe ich nicht auf Schwarzhaarige, aber bei der würde ich eine Ausnahme machen." Er wirft Daniel einen viel sagenden Blick zu.
Maries Aufmerksamkeit wandert zu Novellin. „Von wem reden die?"
„Hör doch einfach hin", ihr Ton wirkt genervt.
Sofort gibt Marie Ruhe. Ihre Ohren lauschen mehr denn je.
„Warum Freundin? Weiß ich da etwas nicht?", Sonja wirkt empört. „Ich sitze seit Stunden neben dir und du sagst kein einziges Wort davon?"
„Weil es nichts zu sagen gibt", verteidigt Daniel sich.
„Marie ist nicht meine Freundin. Das ist nur Peters Ausdrucksweiße."
Maries Herz setzt für einen Moment aus, als ihr Name fällt. Ein Funken Hoffnung keimt in ihr auf, gepaart mit Ungläubigkeit. „Wie ist das möglich und was ist mit Sonja?" Novellin sagt keinen Ton dazu. Nur widerwillig gibt sie auf und spart sich erneut nachzufragen. Ihre Fee wird dazu nichts sagen. Sie muss abwarten und zuhören. Ihr Blick gilt Daniel, dessen Gesicht

zerknirscht wirkt. „Wie ist das…?"
„Marie? Jetzt habe ich es verstanden. Wir reden von der Kleinen aus deiner Arbeit. Frau Unnahbar und Karrierefixiert", spottet Sonja.
Maries reibt an ihren Ohren. „Hab ich mich gerade verhört?"
„Sonja, spar dir das", verteidigt Daniel sie. „So ist sie nicht."
„Ach komm schon Bruder", hat nun Peter das Wort. „Solche Weiber, kenne ich nur zu gut. Wir reden hier von karrieregeilen Biestern, die über Leichen gehen würden, um an ihr Ziel zu kommen. Da ist deine Marie, gewiss keine Ausnahme. Sie wird Intrigen spinnen, ihr Gift verstreuen und hetzen, um immer vor eurem Chef die Nummer eins zu sein."
Marie schnappt nach Luft. „Entschuldige mal? So bin ich überhaupt nicht."
„Da täuscht du dich Peter. Marie ist kein bisschen so, wie du sie beschreibst. Ich arbeite seit drei Jahren mit ihr und ich habe sie kein einziges Mal böse über ihre Arbeitskollegen schimpfen hören", aus Daniels Worten spricht die Überzeugung. „Ich muss zugeben. Sie ist die Nummer eins bei unserem Chef, das weiß ich und alle anderen…"
„Wusste ich es doch", schließt Peter voreilige Schlüsse.
Daniel übergeht ihn und redet weiter. „Aber sie tut auch einiges dafür. Marie kommt früher und sie arbeitet auch länger. Sie ist sich für keine Arbeit zu schade. Sie arbeitet an jedem Feiertag. Man kann ihr nicht vorwerfen, unfair zu sein. Sie hat es verdient die

Nummer eins zu sein", plötzlich ist da ein Unterton in seiner Stimme. „Das Einzige, was man ihr vorwerfen kann, ist, dass sie zu verbissen ist. Sie ist eine regelrechte Einzelkämpferin." Wieder will ihm Peter ins Wort fallen. „Halt die Klappe ich bin noch nicht fertig. Ich arbeite mit ihr seit drei Jahren zusammen und weiß nichts über sie. Wir grüßen uns morgens und verabschieden uns abends. Gelegentlicher Smalltalk, das ist alles. Sie kommt weder auf einen Drink nach getaner Arbeit mit, noch verbringt sie ihre Mittagspause mit uns. Versteht mich nicht falsch, Marie ist nicht unhöflich oder zickig, sie ist nur dermaßen auf ihre Arbeit fixiert, dass sie alles andere um sich herum gar nicht wahrnimmt. Ich kenne sie seit Jahren und doch ist sie mir völlig fremd. Nur mit unserem Chef und Paula versteht sie sich.

„Ach, du bist einfach ein zu guter Kerl." Sonja streichelt sanft seine Wange.

„Pfui!" Peter schüttelt es richtig dabei. „Richtig abartig, wenn sich Cousine und Cousin so gut verstehen."

„Wie bitte?" Marie kommt zum Stehen. Ihre Aufmerksamkeit gilt Novellin. „Die beiden sind verwandt?" Mehr denn je macht sich Verwunderung in ihrem Gesicht breit. „Aber die Gesten, die Mimik, wie sie reden und sich gegenseitig anhimmeln?"

Novellin nickt begeistert. „Marta ist Sonjas Tante. Daniel und Sonja sind miteinander aufgewachsen. Sie waren zusammen im Kindergarten, in der Grundschule und danach in der Oberschule. Vom Fahrradfahren, über den ersten Kuss, bis hin zur ersten Trennung, haben sie alles voneinander miterlebt. Sie haben alle Geheimnisse geteilt. Daniel und Sonja sind nicht nur Cousin und Cousine, sondern auch die besten Freunde."

Marie ist immer noch vollkommen perplex. Es dauert noch einen Moment, bis sie wieder zu gehen anfängt. Ihre Gedanken kreisen um Sonja und Daniel. Plötzlich trifft sie ein Geistesblitz. „Du hast davon gewusst, Elli." Sie wendet sich ihr zu. „Du hast gewusst, wie die Zwei zueinander stehen und dich ahnungslos verhalten." Ihre Fee beißt sich auf die Lippen. „Aber warum?"

„Ich glaube, diese Frage kannst du dir selbst beantworten", Novellin fliegt neben ihr Schlangenlinien. „Denk mal scharf nach." Ihr Gesicht ist auf den Asphalt gerichtet.

„Ich will es aber von dir hören", gibt Marie empört von sich, nachdem sie die Komödie aufgedeckt hat.

Novellin blickt zu ihr hoch. Sie grübelt kurz darüber nach. „Weil dir in all den Jahren, nie aufgefallen ist, wie toll Daniel ist. Erst heute hat es dir gedämmert. Ich habe dich in eine Falle gelockt, damit du es bedauerst, dir nie richtig Gedanken über ihn gemacht zu haben. Nachdem Sonja auf der Bildfläche erschienen ist, stand für dich sowieso fest, dass die beiden ein Paar sind. Ich wollte deine Schlussfolgerung nicht infrage stellen. Du solltest für den Moment damit leben, wie es sich anfühlt, eine wunderbare Chance nicht genutzt zu haben."

„Das war ein fieser Trick", stellt Marie trocken fest.

„Aber er hat gewirkt", Novellin gibt sich siegessicher.

Marie verdreht ihre Augen. „Ja, hat er. Ich bereue es,

seitdem Sonja im Esszimmer erschienen ist, mich nie richtig mit Daniel unterhalten zu haben und mir fällt ein Stein vom Herzen, bei dem Wissen, dass sie nur verwandt und kein Paar sind."

Novellin klatscht begeistert mit ihren Händen. Sie wirkt wie ein kleines Kind dabei.

„Genau deswegen sind wir hier. Du sollst Reue zeigen und dein Leben mit den Menschen darin zu schätzen wissen." Novellin verharrt in der Luft.

Marie hält ebenfalls inne und wendet ihre Aufmerksamkeit nach vorne. Daniel, Peter und Sonja kommen ihnen entgegen. Marie ist so verschreckt, dass sie zur Seite geht.

„Oh Mann! Wir sind für die anderen unsichtbar, wie oft denn noch?", Novellins Ton ist genervt.

„Tut mir leid, war einfach ein Reflex", entschuldigt Marie sich. „Gehen sie jetzt wieder zurück?"

Novellin nickt. „Ihnen nach."

Wieder gehen sie in zweiter Reihe und belauschen das Gerede, der Drei vor ihnen.

„Meiner Meinung nach, ist sie es nicht wert, Daniel", stellt Sonja selbstsicher fest. „Du bemühst dich nicht erst seit gestern um sie und wie weit bist du gekommen? Du stehst immer noch am Anfang. Du begehrst eine Frau, die nichts von dir will."

„Das weißt du doch gar nicht, Sonja."

„Ach nein? Ihr hattet keine Dates. Du weißt nichts von ihr. Ihr habt nicht mal eine anständige Unterhaltung geführt." Sie zählt die Punkte an ihren Fingern ab. „Es liegt klar auf der Hand: Die Frau will nichts von dir.

Such dir eine Neue, die keine Eiskönigin ist, denn du hast wirklich etwas Besseres verdient als sie."
„Ich muss Sonja recht geben", erwidert nun auch Peter. „Marie hat kein Interesse an dir. Alles, was ihr Herz höher schlagen lässt, ist ihre Arbeit. Darin geht sie auf. Es gibt eine Frau für dich, aber das ist gewiss nicht Marie. Du musst sie nur finden."
„Im Endeffekt kann Marie einem leidtun", Bedauern schwingt in Sonjas Stimmlage mit. „Sie wird wie jedes Jahr in der Redaktion sitzen und den Jahresrückblick zusammenstellen. Sie ist allein, während alle anderen bei ihren Familien sind."
„Also mir tut sie nicht leid", keift Peter. „Sie will es ja nicht anders. Wenn sie nur für die Arbeit lebt, dann ist sie dort am richtigen Platz." Seine Augen wandern an Sonja vorbei zu Daniel. „Wenn sie an dir Interesse hätte, wäre sie hier."
„Frechheit!", keift Marie. „Warum bin ich die Böse? Die kennen mich doch gar nicht. Sie urteilen über mich, ohne die geringste Ahnung zu haben."
„Manchmal können Außenstehende die Sache besser beurteilen", meint Novellin nur dazu.
„War klar, dass du auf deren Seite bist", blafft Marie vor sich hin.
„Das hat gar nichts mit auf ihrer Seite stehen zu tun", setzt Novellin dagegen. „Denk an heute Abend: Wenn ich nicht gewesen wäre, wärst du schon längst tot. Du würdest nicht wissen, was Daniel für dich empfindet. Du würdest nicht so empfinden, wie du es jetzt gerade tust. Wenn es diese Reise nicht gäbe, wäre es dir egal,

was er denkt. Es würde auch keine Rolle mehr spielen."
Für einen kurzen Moment lässt sich Marie Novellins Anschauung durch den Kopf gehen. „Du hast recht. Ich wusste von allem nichts."
„Wisst ihr was? Ihr habt recht. Ich muss sie loslassen. Es hat keinen Sinn jemanden nachzulaufen, der kein Interesse an mir hat." Daniels Gerede versetzt Marie einen Tritt in die Magengrube. „Und jetzt ist der beste Zeitpunkt dafür."
„Warum ist jetzt der beste Zeitpunkt dafür?", will Sonja wissen.
„Ihr müsst mir versprechen: Nichts Mum zu sagen." Beide nicken. „Wir haben gestern bei der Weihnachtsfeier erfahren, dass unsere Zeitschrift eingestellt wird."
„Was?" Sonja ist geschockt. „Du bist arbeitslos?"
„Ja, ab Februar", erklärt Daniel ihr.
„Oh Mann und wie geht's dir damit?"
„Ich komme zurecht", antwortet Daniel belanglos. „Ihr kennt mich. Ich liebe neue Herausforderungen."
„Um dich mache ich mir keine Sorgen." Peter lacht lautstark auf. „Oh Gott, dass wird Marie umbringen."
Peters Aussage trifft bei Marie ins Schwarze. Sie hält sich vor Fassungslosigkeit ihre Hand vor den Mund. „Wie kann er nur so Herzlos sein?"
„Es ist nur blödes Gerede von ihm, ein Scherz", stellt Novellin klar. „Wenn er wüsste, dass du um diese Zeit schon tot bist, hätte er es sich verkniffen."
Zorn steigt in Marie hoch. „Trotzdem, so redet man nicht über Menschen, insbesondere, wenn man sie nicht

kennt. So was nennt man Taktlosigkeit."
„Das sind eben die Eindrücke, die du hinterlassen hast", setzt Novellin dagegen. „Du wirkst auf sie unnahbar, karrierefixiert und ichbezogen. Du kannst niemanden dafür verantwortlich machen, außer dich selbst."
Marie will zum Gegenschlag ausholen, als Martas Stimme ertönt. „Hey! Schaut mal, wen ich dabei habe." Sie hat eine ältere Frau im Pelzmantel und schwarzer Mütze im Schlepptau.
„Hab ich es nicht gesagt: Mum bringt Rosalie mit." Peter geht den beiden Frauen entgegen.
„Und, wie geht's dir?", dringt Novellins Stimme an Maries Ohr.
Sie wendet sich ihr zu. „Im Großen und Ganzen geht es mir gut." Sie atmet schwer ein. „Es ist zwar hart anzusehen und zu hören, aber es geht. Wie du sagst, es sind Eindrücke, die ich hinterlassen habe. Ich kann niemanden, außer mir die Schuld dafür geben. Ich muss damit leben." Ihr Augenmerk wandert zu Daniel, dessen Gesichtsausdruck gequält wirkt. Wieder versetzt es ihr einen Tritt in die Magengrube. Daniel lässt sie los. Er gibt auf sich um sie zu bemühen. „Sind wir hier fertig? Können wir gehen?"
„Noch nicht ganz." Novellin hält ihre Hand Marie entgegen. „Gib mir Deine!"
„Warum?", will sie wissen.
„Wir haben noch einen anderen Besuch vor uns."
„Machst du denn kein Loch wie zuvor, wo wir hineinspringen können?"
„Nein. Diese Station ist noch nicht beendet. Wie gesagt:

Wir müssen noch einen Besuch tätigen."
„Und wo?"
„Gib mir doch einfach deine Hand, Marie." Nur widerwillig legt sie ihre in die von Novellin.
„Es wird jetzt ein wenig stürmisch, also festhalten." Bevor Marie etwas erwidern kann, wirbelt Novellin sie beide wie verrückt um die eigene Achse. Durch die rasche Drehung kann Marie nichts mehr um sich herum erkennen. Ihre Bewegungen sind so schnell, dass sie die Umrisse von der Umgebung und den anderen nicht mehr erkennt. Sie schließt ihre Augen, aus Angst sich übergeben zu müssen. Nur noch Geräusche, die an einen Tornado erinnern, dringen an ihr Ohr, jedoch halten diese nicht lange an.
„Wir sind da." Novellin löst ihren Griff von Marie.
Marie öffnet ihre Augen und findet sich in einem bekannten Zimmer wieder. „Was machen wir denn hier?"
Im selben Moment kommt ihre Arbeitskollegin Paula Meininger in ihr Büro. Sie trägt einen grünen Hosenanzug und unter ihrem rechten Arm, einen blauen Mantel. Sie geht an Novellin und Marie vorbei und gesellt sich hinter ihren Schreibtisch. Mit einem kurzen Klick betätigt sie ihren Computer, der hochfährt. Sie hängt ihren Mantel über den Stuhl und geht zur Kaffeemaschine. Nachdem sie einen Filter hineingelegt und Wasser aufgefüllt hat, schaltet sie sie ein. Wieder zurück an ihrem PC checkt sie ihre E-Mails. Ein Duft von frisch aufgebrühtem Kaffee erfüllt den Raum. Marie beachtet das Geschehen mit Adleraugen, als eine

Männerstimme sie aufschreckt.

„Guten Morgen, Paula." Daniel steht im Türrahmen. Er trägt einen schwarzen Pullover und dunkle Jeans.

„Guten Morgen, Daniel." Sie lächelt ihm freundlich zu.

„Die Feiertage gut überstanden, trotz der Hiobsbotschaft auf der Weihnachtsfeier?"

Er nickt. „Klar und du?"

„Sicher." Sie fasst in einen der Schubfächer an ihren Schreibtisch.

„Heute sind wirklich wenig auf Arbeit?", wechselt Daniel das Thema.

„Stimmt." Sie legt einen Stapel Papiere auf ihrem Tisch ab. „Wundert es dich wirklich? Über Weihnachten bis Neujahr ist kaum Arbeit. Die meisten sind im Urlaub."

„Bis auf uns. Die Wichtigsten sind hier." Daniel lässt vom Türrahmen ab und nimmt an einem der beiden Stühle vor Paulas Schreibtisch Platz.

„Naja, was heißt wichtig? Es sind relaxte Tage. Wir haben nicht viel zu tun, besonders nach Bekanntgabe, dass Global-Welt-Geschehen dichtgemacht wird. Es gibt auch keine Sonderausgabe vom Rückblick des Jahres."

„Du bist also aus denselben Gründen wie ich hier", stellt Daniel fest und deutet auf den PC.

„Ja. Ich leere meinen Computer und mache Ordnung", Claudias Stimme wirkt traurig. „Dreißig Jahre. Es wird komisch sein, wo anders zu arbeiten."

„Kann ich mir vorstellen. Obwohl ich gerade mal drei Jahre hier bin, fällt mir der Abschied schwerer als gedacht."

„Lass uns einfach das Beste daraus machen." Ihr Blick

weicht zur Kaffeemaschine. „Hast du Marie schon gesehen?"

Daniel schüttelt seinen Kopf. „Nein. Heute noch nicht."

„Komisch." Paula legt ihren Kopf grüblerisch schief. „Es ist nach neun. Das ist untypisch für sie."

„Mach dir keine Sorgen. Sie wird schon kommen", meint Daniel belanglos.

Seine unbekümmerte Art löst bei Marie Gänsehaut aus. Sie atmet schwer ein.

Im selben Moment erscheint ihr Chef Heino Klausen im Büro. Er sieht sichtlich mitgenommen aus.

„Guten Morgen, Heino", Paula nickt ihm zu.

Daniel tut es ebenfalls und fügt bei seiner Erscheinung noch hinzu. „Was ist denn mit dir los?"

Heino sagt keinen Ton und geht an beiden vorbei, zu dem einzigen Fenster im Raum. Sein trüber Blick gilt der Ferne.

„Heino?", Paula kommt von ihrem Stuhl hoch und stellt sich hinter ihm. „Was ist passiert?"

Heino atmet tief durch. „Ich habe gerade einen Anruf von der Polizei erhalten."

„Und?", fragt nun Daniel nach. „Was wollten die?"

„Es ist furchtbar." Wieder atmet Heino schwer ein.

„Was ist los?" Paula reibt mitfühlend an seiner Schulter.

Heino sagt nichts dazu. Völlige Fassungslosigkeit steht ihm ins Gesicht geschrieben. „Sag schon."

„Ich weiß nicht wie?", stellt er fest.

„Reiß es ab wie ein Pflaster. Einfach und schnell", gibt ihm Daniel die Wahlmöglichkeit.

„Wenn es nur so einfach wäre. Manche Dinge kann man

nicht auf diese Art regeln. Sie sind zu schwer."
„Heino? Was soll das? Du machst mir langsam Angst."
Paulas Stimme wirkt plötzlich unruhig. „Was wollte die Polizei von dir?"
Nur widerwillig lässt Heino von der Aussicht ab. Er dreht sich zu Daniel und Paula, die immer noch ratlos sind. Er atmet tief durch. „Die Polizei hat mich in Kenntnis gesetzt, dass Marie Helm am Morgen des Heiligabends, tot in ihrer Wohnung aufgefunden wurde."
Keiner sagt ein Wort. Maries Augen sind auf Daniel geheftet, der sich kein bisschen bewegt. „Ihre Haushaltshilfe Claudia hat sie gefunden und sofort die Polizei und den Krankenwagen alarmiert. Für sie kam jedoch jede Hilfe zu spät. Marie ist tot."
„Was?" Paula ist fassungslos. Sie fällt in ihren Stuhl zurück. „Ist die Polizei sich sicher, dass es sich um Marie handelt? Ich meine…? Ich versteh es nicht…?"
„Für mich ist das auch ein Schock Paula, aber es ist wahr. Ihre Adresse, ihre Personalien." Herr Klausen atmet tief ein. „Es handelt sich um Marie."
„Wie…?" Daniels Stimme verebbt. Ungläubig schüttelt er seinen Kopf. „Nein. Das ist ein Irrtum. Die müssen sich täuschen. Ich habe mit ihr noch einen Tag zuvor geredet. Ich habe ihr noch frohe Weihnachten gewünscht…", wieder bricht seine Stimme ab.
Eine herzzerreißende Ruhe erfüllt den Raum. Es ist nichts zu hören, außer dem Geräusch der Kaffeemaschine, die signalisiert fertig zu sein.
Daniel steht von seinem Platz auf. „Willst du auch

einen, Heino?", seine Stimme klingt brüchig.

„Bitte", entgegnet der nur.

„Und wie...? Ich meine: Woran ist sie gestorben?", will Paula wissen, die das alles nicht begreifen kann. „Sie war doch so jung? War sie krank? Ist jemand in ihre Wohnung eingebrochen? Wie kann Marie im Alter von 27 Jahren sterben?"

„Die Polizei wollte mir nichts Genaueres sagen. Sie meinten: Ihre Familie möchte nicht, das etwas an die Öffentlichkeit dringt. Wir sollen sie in guter Erinnerung behalten", erklärt Heino. „Es war keine Fremdeinwirkung, soviel steht fest und das hat auch der Kommissar gesagt." Mit zitternden Armen reicht Daniel wortlos Heino seinen Kaffee und geht wieder zur Maschine zurück.

„Was hat das zu bedeuten: Wir sollen sie in guter Erinnerung behalten, ihre Familie will nicht das irgendetwas an die Öffentlichkeit dringt und es war keine Fremdeinwirkung?", wiederholt Paula skeptisch. Plötzlich wird ihr Blick starr. „Oh mein Gott! Es war Selbstmord."

„Das war auch mein erster Gedanke", unterstützt Herr Klausen Paulas Schlussfolgerung.

Plötzlich ertönt ein lautstarkes Klirren den Raum. Paula und Heino drehen sich zu Daniel um. Novellins und Maries Aufmerksamkeit fallen ebenfalls auf ihn. Daniel steht mit dem Rücken zu allen, während am Boden zwei zerbrochene Tassen liegen.

„Daniel", stöhnt Paula und kommt von ihrem Stuhl hoch. „Es tut mir so unendlich leid." Sie geht um ihren

Schreibtisch und will ihre Hand um ihn legen als er zurückweicht.

Daniel ringt mit seinen Emotionen. „Es geht mir gut. Ich brauche nur einen Moment."

„Kann ich dir etwas Gutes tun?", will Paula wissen, die selbst neben sich steht.

Er schüttelt seinen Kopf. „Nein, danke. Es ist alles in Ordnung."

„Daniel…", Paulas Stimme bricht weg. Sie wendet sich ab von ihm. Ein lautstarkes Atmen ist zu hören. Sie ringt um Fassung. „Oh mein Gott, Marie."

Keiner der beiden Männer erwidert etwas darauf. Verwirrt blickt Daniel um sich. „Ich sollte anfangen meinen Arbeitsplatz zu räumen", meint er abrupt.

„Das kann doch noch warten", Heinos Stimme wirkt verständnisvoll.

„Nein, es muss jetzt sein." Daniel zwingt sich zu einem Lächeln. Als er aus der Tür geht, richtet sich sein Augenmerk gegen Marie, die wie angewurzelt daneben steht.

„Daniel?" Sein Starren irritiert Marie. „Kann er mich sehen?" Novellin ignoriert ihre Frage. Daniel steht nur da, für eine Sekunde, die sich ewig dahin zu ziehen scheint. „Daniel? Kannst du mich sehen?" Sie will nach ihm fassen.

„Daniel, was ist mit dir?", fragt Heino nach.

Er wendet seinen Blick ab. „Nichts. Ich muss in mein Büro." Eiligen Schrittes geht er zur Tür hinaus.

Marie ist vollkommen perplex. „Das kann doch nicht sein!" Sie geht ebenfalls durch die Tür. „Daniel!", ruft

sie ihm nach, doch er geht einfach weiter. Eilig läuft sie ihm hinterher. „Daniel?" Völlig orientierungslos geht er an seiner Bürotür vorbei. „Daniel! Bleib stehen!"
Mit großer Mühe kommt sie ihm in den Konferenzraum nach. Daniel schließt die Tür und sperrt ab. Marie dreht sich im Kreis und hält Ausschau nach Novellin, doch Fehlanzeige. Nur sie und er sind im Raum. „Daniel?"
Er geht auf sie nicht ein. Anspannung fließt durch seinen Körper und seine Hände zittern. „Verdammt." Er schüttelt sie vergebens. „So ein Mist." Aufgebracht geht er hin und her. Er flucht und mault vor sich hin, in einer Lautstärke die Marie es unmöglich macht, etwas zu verstehen. Er greift nach einem der Stühle am Tisch und nimmt Platz. Es dauert keine Sekunde, schon ist er wieder auf der Höhe. Wieder läuft er auf und ab. „Mist, Mist, Mist." An einem Seitenschrank, wo Gläser und Wasserflaschen aufgereiht sind, kommt er zum Stehen. Sein Blick ist starr darauf gerichtet, für unsagbare Zeit. Seine Atmung wird lauter und seine Hände zittern von neuem. Wutentbrannt fegt er die ganzen Gläser und Flaschen mit seinem Arm vom Tisch. „Verdammt Marie!" Wieder nimmt er Platz. Völlig verzweifelt legt er seine Hände vor sein Gesicht. „Wieso nur?" Ein leises Schluchzen widerfährt ihm.
Seine Erscheinung macht Marie das Herz schwer. Daniel so leiden zu sehen, war das Letzte, was sie wollte. In diesem Moment wünscht sie sich mehr denn je, real und kein Geist zu sein.
„Weil es für mich der einzige Ausweg war", antwortet Marie wohl wissend, dass er sie nicht hören kann.

Daniel ballt seine Hand zur Faust und schlägt hart auf den Tisch. „Wieso? Hörst du mich? Ich will wissen wieso?" Sein Schlag gegen die Tischplatte hallt im Raum wieder. Es ist ein ohrenbetäubendes Geräusch, das Marie zusammenzucken lässt. Es vergehen einige Sekunden, bis sie ihre Augen wieder öffnet. Ihr Blick ist auf Daniel gerichtet, der wie ein Häufchen Elend am Stuhl kauert. Sie kommt auf ihn zu und geht auf die Knie.

Marie atmet schwer ein. „Du wirst meine Beweggründe nicht verstehen und es ist leider zu spät, um sie dir zu erklären, aber du sollst wissen, das es mir leid tut, von ganzem Herzen." Wieder trifft ein harter Schlag die Tischplatte. Marie zuckt erneut zusammen. Daniels Blick geht ins Leere, haarscharf an ihr vorbei. Obwohl Marie weiß unsichtbar für ihn zu sein, redet sie weiter. Es tut ihr gut, sich alles von der Seele zu reden, auch wenn nur sie selbst es hört.

„Kennst du die Geschichte von Jasmin?" Sie betrachtet Daniel eingehend. „Na, wenn das so ist. Es war einmal ein kleines Mädchen, das in einem opulenten Herrenhaus lebte. Sie wuchs wohlbehütet auf mit liebender Mutter und treusorgendem Vater. Obwohl die Eltern es immer wieder aufs Neue versuchten, war das kleine Mädchen ihr einziges Kind. Ihr ganzer Stolz sozusagen. Sie behandelten Jasmin wie ein rohes Ei. Die Welt war einfach zu schlecht und voller Gefahr. In den ersten Jahren war es ein leichtes, sie zu beschützen, doch die Zeit verging und Jasmin wurde älter. Eines Tages klopften Kinder an die Tür ihres Zuhauses und fragten, ob sie zum Spielen rausgehen dürfte? Die Mutter willigte ein und bat um Vorsicht. Sie sollten Jasmin in einer Stunde wieder zurückbringen. Die Jungen und Mädchen versprachen ihr, sie zu der besagten Zeit zurückzubringen. Der Nachmittag verging und keine Spur von dem kleinen Mädchen. Die Mutter kam um vor Sorge und machte sich auf die Suche nach ihr. Der Vater, der von der Arbeit nach Hause kam, schloss sich ihr an. Je länger die Suche andauerte, desto mehr Angst hatten sie und je länger sie im Unklaren waren, desto mehr Vorwürfe machten sie sich. In einem kleinen Waldstück, neben einem Pfad fand man Jasmin und die anderen Kinder. Sie bauten sich aus Ästen, Blättern und Zweigen ein Zelt, das sie an einem Baumstamm anlehnten. Die Kinder hatten so schön gespielt und die Zeit vollkommen vergessen. Obwohl es ihr mehr als nur gut ging, griffen die Eltern hart durch. Sie nahmen Jasmin mit nach Hause und waren böse auf sie. Tagelang redeten sie auf das kleine Mädchen ein und erklärten ihr, wie falsch doch ihr Verhalten war. Die Sorge um ihr einziges Kind machte sie wahnsinnig. Sie erklärten dem Mädchen, das die Welt hinter der Haustür schlecht und gemein sei. Dass Menschen zu allem fähig sind, der Himmel einstürzen kann und die Sonne ihr Feind wäre. Sie gaben ihr zu verstehen, dass sie zu jung und unerfahren sei, um die richtigen Entscheidungen zu treffen. Dass sie es nur gut mit ihr meinen und sie vor dem Bösen schützen wollen. Es sei ihre Aufgabe als Eltern. Jasmin war anfangs skeptisch, doch mit der Zeit, und je öfter sie es hörte,

umso mehr verinnerlichte sie es. Sie sah nur noch einen Sinn in ihrem Leben: Die Eltern zu schützen, die sie doch nur bedingungslos liebten. In jungen Jahren hat sie schon alle Hoffnung verloren, jemals wieder ins Freie zu kommen. Sie hat sich mit einem halben Leben abgefunden. Jasmin nahm es in Kauf, im guten Gewissen nie verletzt zu werden. Sie beschloss, sich nur auf diese Sache zu konzentrieren. Eines Tages klopften wieder Kinder an Jasmins Zuhause und fragten: Ob sie zum Spielen rauskommen will?" Marie hält kurz inne und atmet schwer durch. Ihr Blick ist starr auf Daniel gerichtet, der sich gerade die Nase putzt. „Kannst du es ihr verübeln, dass sie Nein sagte? Kannst du ihr verübeln, dass sie nur einen Ausweg sah?"
„Es tut weh, nicht wahr?" Novellin ist im Raum. Marie spart sich eine Antwort und sieht Daniel weiter an. „Natürlich tut es weh. Die Ausmaße, die dein Tod annimmt, waren dir nicht bewusst." Novellin räuspert sich lautstark. Marie wendet sich ihrer Fee zu. „Wir müssen aufbrechen, Marie." Sie schwebt über dem altbekannten Loch.
Marie kniet weiter vor Daniel. „Ich will noch nicht gehen. Du siehst doch, wie schlecht es ihm geht. Lass uns noch ein bisschen bleiben."
„Nein!", antwortet Novellin bestimmend.
„Bitte, Elli?"
„Nein", setzt sie nach. „Jetzt komm."
„Warum denn nicht?"
„Weil du zu diesem Zeitpunkt gar nicht mehr lebst. Er ist allein und auf sich gestellt."

„Aber…?", setzt Marie an.

„So ist es nun mal. Jede Entscheidung hat seinen Preis und das ist deiner. Die Gewissheit einen großen Fehler begangen zu haben." Mit ihren Augen deutet sie auf das Loch unter ihr. „Er kann dich sowieso nicht hören oder sehen. Er kann uns nicht wahrnehmen. Also mach es dir nicht schwerer, als es eh schon ist."

Marie lässt sich Novellins Worte durch den Kopf gehen. Sie ist tot, es bringt nichts hier zu bleiben. Das, was sie hier sieht, ist die Zukunft, die sie gewählt hat. Es bleibt ihr nichts, nur tiefe Reue. Marie kommt von ihren Knien hoch und gesellt sich zu ihrer Fee.

Ohne ein Wort springt sie in das helle Etwas.

Kapitel 7

Maries Gedanken kreisen um Daniel und das gerade passierte. Wie konnte sie nur so blind sein und all die Jahre nichts merken? Wie konnte sie nur an allem vorbei leben und ihre Arbeit zum Mittelpunkt ihres Daseins machen? Wie konnte sie nicht merken, wie sehr Daniel sie begehrte.

„Ein Plätzchen?", fragt eine raue Männerstimme nach.

Marie öffnet ihre Augen und blickt zu dem Schaffner von vorhin auf, der ihr eine heiße Schokolade anbot. Marie schüttelt nur ihren Kopf. Die letzte Station hat sie zu sehr aufgewühlt, dass an Essen gar nicht zu denken ist.

„Ich nehme eins." Novellins Stimmung ist gutgelaunt.

„Willst du wirklich keine? Die sind lecker."

Marie schüttelt erneut ihren Kopf. Sie versucht Novellin, und alle anderen um sich herum auszublenden. Sie will kein Plätzchen, sie will nur ihre Ruhe. Marie lehnt sich in ihren Sitz zurück und versucht sich zu entspannen. Kontrolliert atmet sie ein und aus. Ihre Augen sind geschlossen. Ihre Gedanken kreisen um Daniel, Paula und Heino. Die geschockten Gesichter von ihren Arbeitskollegen kommen ihr in Erinnerung. Sie waren wirklich betrübt über ihr Ableben.

„Du bist so still." Novellins Ausdruck ist unergründlich. „Alles gut?"

Marie nickt. „Mir geht nur zu viel im Kopf rum."

„Kann ich mir vorstellen. Ist keine einfache Reise, die wir machen."

„Wie lange dauert sie noch an?"

„Hmm, die Zeit läuft wie verrückt und der Morgen graut bald." Ihr Blick schweift aus dem Zugfenster gen Horizont, wo der Mond hell leuchtet. „Ich würde nicht mehr lange sagen, aber wir haben noch eine sehr große Station vor uns."

„Welche?"

Novellin übergeht ihre Frage und deutet auf den freien Fleck neben ihr. „Plätzchen?"

Talerartige, braune Kekse auf einer weiß-roten Serviette liegen dort.

„Nein, danke." Marie fragt erneut nach. „Was kommt jetzt?"

„Nimm dir ein Plätzchen", meint Novellin nur dazu.

„Nein, danke." Marie ist irritiert. „Warum sollte ich?"

„Mach einfach."

„Warum denn?", bohrt Marie weiter nach.

„Du wirst es schon sehen." Ihre Fee deutet erneut mit den Augen darauf.

„Oh Mann." Marie gibt nach und nimmt einen Keks in ihre Hand. Mit Adleraugen betrachtet sie ihn. Das Plätzchen sieht nicht einzigartig aus. Es sieht genauso aus wie die in den Backbüchern. Ihrer Vermutung nach, handelt es sich um Nugat-Mandel-Taler. „Ich weiß nicht was mir das bringen soll." Sie nimmt einen kleinen Bissen davon. Ihr erster Gedanke ist der, dass sie recht hatte. Der Keks ist eine Mischung aus Nugat und Mandeln. Er ist nicht zu süß und hat ein schmackhaftes

Aroma. Plötzlich ist da ein anderer Geschmack. Es ist nur ein Hauch, etwas was ihren Rachen kitzelt. Man könnte es übersehen, wenn man nicht genau aufpasst. „Was ist da drin?" Sie nimmt ein größeres Stück in den Mund. Das Plätzchen schmeckt köstlich, doch achtet Marie mehr auf die Zutat, aus der er gemacht ist. Plötzlich macht sich auf ihrer Zunge, ein fast untergehendes Brennen bemerkbar. Es ist eine milde Schärfe, die von einer Chilischote stammt. Nur zu gut kennt Marie diesen Geschmack. Früher als sie und ihre Geschwister noch Kinder waren, hatte ihre Mutter immer eine frische Schote in den Teig gegeben, um ihm den richtigen Pfiff zu geben. „Oh nein!" Ihre Augen weiten sich vor Ungläubigkeit. „Meine Familie ist unsere nächste Station?"

„Überrascht dich das wirklich?" Novellins Stirn liegt in Falten. „Hast du wirklich geglaubt, wir lassen deine Familie auf dieser Reise aus?"

„Ich hatte die leise Hoffnung, dass du mich nach der letzten Station damit verschonen wirst."

Maries Stimme wirkt niedergeschlagen. „Es wird auf Dauer einfach zu viel. Es gibt keine glücklichen Momente, die mit mir zu tun haben."

„Ich würde gerne Mitleid aufbringen, aber ich kann nicht. Jeder ist seines Glückes Schmied. Was ich dir zeige, ist dein Werk."

„Können wir diese Station nicht auslassen?", ihre Stimme gleicht einem Betteln.

„Nein", behaart Novellin eisern darauf.

„Und wenn ich mich weigere, mit dir zu gehen?",

kommt Marie in den Sinn. „Wäre das möglich? Kann ich mich dazu entscheiden hier sitzen zu bleiben?" Sie lässt ihren Zeigefinger durchs Abteil kreisen.
„Ja natürlich." Novellin bemerkt, worauf sie hinaus will. „Es ist deine Entscheidung. Es ist deine Reise."
„Gut zu wissen."
Novellin gibt sich grüblerisch. „Du bist unnahbar, karrierefixiert, kühl…"
„Was redest du da?", fragt Marie nach, die jedes Wort verstanden hat.
„Ach nichts." Novellin winkt gelangweilt ab. „Ich füge nur die fehlenden Eindrücke deiner Liste zu."
„Welcher Liste?"
„Deiner Liste eben. Wenn uns diese Reise eins gezeigt hat, dann das: Die Menschen halten dich für unnahbar, karrierefixiert und kühl. Ich füge nur noch ängstlich, anstandslos und falsch hinzu."
„Wieso bin ich ängstlich, habe keinen Anstand und bin falsch?", Marie ist entsetzt über diese Umschreibung.
„Weil du mir versprochen hast, dich auf alles einzulassen und jetzt kneifst, also hast du keinen Anstand. Du traust dich nicht, aus Angst vor dem, was kommt, von daher ängstlich und zu guter Letzt, du hast es mir versprochen und hältst dich nicht daran, also bist du falsch." Sie weicht Maries Blick aus. „Ich habe wirklich mehr in dir gesehen, als du bist. Das ist mein Fehler. Ich schließe voreilige Schlüsse und dann bleibt nur noch pure Enttäuschung zurück."
Reue nagt an Marie. Sie hat wirklich Novellin versprochen bei allem mitzukommen und ein

Versprechen bricht man nicht. „Na schön. Du hast gewonnen. Wieder mal. Ich komme mit." Von der einen Sekunde zur anderen steigt Novellins Laune. Von der übermäßigen Trauer ist nichts mehr zu erkennen. Ihre Fee strahlt über das ganze Gesicht. „Hast du mir gerade absichtlich ein schlechtes Gewissen gemacht?" Novellin beißt sich auf die Unterlippe. Sie schüttelt zwar ihren Kopf, aber es ist mehr als ersichtlich, dass sie flunkert. „Ich bin einfach ein zu leichtes Opfer", belehrt sich Marie selbst.
„Hab dich nicht so." Novellin kommt von ihrem Platz hoch und fliegt an Marie vorbei zur Tür.
Mit einer schwungvollen Handbewegung macht sie die Tür auf. „Na los."
Marie nickt. Sie nimmt das restliche Plätzchen in den Mund und schluckt es eilig hinunter. „Dann mal los." Sie gesellt sich hinter Novellin und folgt ihr durch die Tür. Wieder befinden sie sich in dem Raum mit den schönsten Erinnerungen aus ihrem Leben. Während Novellin ihre Arbeit tut, versucht Marie so gut wie möglich die Fotografien auszublenden. Ihr ist bewusst, dass diese Station kein Kinderspiel wird. Sie will sich nicht noch mieser fühlen, als sie es eh schon tut.
Novellin schwebt über dem leuchtenden Loch. Ihr Blick ist unruhig. „Ich muss dich warnen, Marie. Es wird kein leichter Gang werden, der uns bevorsteht."
„Ich weiß." Sie tritt näher. „Ab nach Hause." Sie schließt ihre Augen und springt in das Loch.
Marie versucht Ruhe zu bewahren, doch der Gedanke ihre Familie nach all der langen Zeit, an solch einem

schicksalhaften Tag wiederzusehen, lässt pure Panik in ihr aufsteigen.

„Wir sind da." Novellins Stimme ist nur ein Flüstern.

Marie öffnet ihre Augen und lässt ihren Blick kreisen. Sie befinden sich in einem Jugendzimmer. An den Wänden hängen Plakate von bekannten Musikern und Filmen. Links von ihr steht ein großer Kleiderschrank, während rechts ein bis zur Decke gehendes Bücherregal hochgezogen ist. Vor ihr steht ein Bett, das Laken und die Kissen sind lila. Trotz ihrer jahrelangen Abwesenheit hat sich nichts verändert. Anspannung macht sich in ihr breit, bei dem Gedanken, in ihrem alten Zimmer zu sein. Sie geht an den Schrank rechts von ihr und betrachtet die aufgereihten Bücher, in der Hoffnung sich dadurch ablenken zu können. Ein Einband sticht ihr sofort ins Auge. Auf dem grauen Buchrücken steht ´Die einsame Diva´. „Dieses Buch habe ich an die hundert Mal gelesen."

„Worum geht es darin?", fragt Novellin nach.

Ihre Augen sind weiter auf den Einband gerichtet. „Es geht um eine Theaterschauspielerin, die Erfolge auf der Bühne feiert und im Leben eine Niederlage nach der anderen einstecken muss. Das Publikum kommt nur wegen ihr. Jeden Abend ist der Saal voll und die Tickets ausverkauft. Der Applaus hält oft minutenlang an. Die Masse liebt und hasst sie zugleich."

„Waran merkt man das?"

„Weil das Publikum nur die tragische Seite an ihr mag. Ihr komödiantisches Talent wird nicht gewürdigt. Sie wollen sie nur als verzweifelte, deprimierte Frau sehen,

die an allem zugrunde geht. Sie zerren danach, sie am Boden liegen zu sehen, sei es auf der Bühne oder im richtigen Leben. Selbst ihr Mann ist keine Stütze."
„Was tut er?"
„Er versucht sie klein zu halten. Er missgönnt ihr den Ruhm und ist eifersüchtig. Die beiden schlagen sich und stellen den anderen jeweils bloß."
„Und so was gefällt dir?" Sie fliegt auf Marie zu und betrachtet ebenfalls die Bücherauswahl. Ihre Aufmerksamkeit fällt auf einen gelben Einband. „Worum geht's da?" Mit ihrem Finger deutet sie darauf.
„Das sind Kurzgeschichten", erklärt Marie ihr.
„Ach wirklich? Sind die auch so deprimierend wie: Die einsame Diva?"
„Wer sagt ´Die einsame Diva´ ist deprimierend?", fragt Marie forsch nach. „Es ist kein deprimierendes Buch. Da gibt es gewiss Schlimmere."
„Wenn du meinst." Sie deutet erneut auf den gelben Einband. „Was ist nun mit diesem Buch?"
„Es ist witzig. Die meisten Erzählungen sind wirklich zum Schieflachen." Sie hält kurz inne. „Zwei jedoch nicht."
„Wovon handeln die?"
Für einen kurzen Moment denkt Marie scharf nach. „Die eine weiß ich gar nicht mehr. Sie hat mir nicht besonders gut gefallen und die andere?"
„Ja?"
„Die andere machte eigentlich keinen Eindruck auf mich. Bis meine Schwester sie gelesen hatte." Marie schwelgt in Erinnerungen. „Sie hielt ein Referat

darüber. Für sie gab es tagelang kein anderes Thema."
„Scheint ja eine echt tolle Geschichte gewesen zu sein, wenn deine Schwester so besessen davon war?"
„War und ist sie."
„Worum geht es?"
„Es geht um zu fürsorgliche Eltern, die dem Wahnsinn verfallen und so das Leben ihres einzigen Kindes Jasmin zerstören."
Novellin wird sofort klar, um welche Geschichte es sich handelt. „Eines Tages klopften Kinder an die Tür und fragten ob Jasmin zum Spielen rauskommen möchte", wiederholt sie Maries Worte von vorhin.
Marie räuspert sich. „Kannst du ihr verübeln, dass sie Nein gesagt hat, dass sie keinen anderen Ausweg sah?" Wie in Trance streift sie mit ihrem Zeigefinger dem Buchrücken entlang. „Komisch. Ich habe jahrelang nicht mehr an diese Geschichte gedacht. Ist das Schicksal oder Zufall?"
„Was fragst du mich? Du hast sie Daniel erzählt." Ihr Blick schweift durch den Raum. „Fühltest du dich dabei besser?"
„Hmm…" Marie grübelt darüber nach. „Es war eine Erleichterung für mich. Es tat mir gut, mich zu erklären, auch wenn er mich nicht hören konnte. Im Endeffekt kam ich mir weniger egoistisch vor, weil ich mir selber die Bestätigung gab, richtig gehandelt zu haben."
„Aha", meint Novellin nur darauf. Ihr Blick streift immer noch im Zimmer umher. „Du hattest ein schönes Kinderzimmer."
„Danke." Marie macht es ihr nach. „Es hat sich nichts

verändert darin. Alles steht noch genauso wie vor meinem Umzug." Ein bitterer Beigeschmack ist aus ihren Worten zu hören. „Es hat sich nichts verändert, wie auch bei mir."

Novellin übergeht ihr Gerede. Ihre Augen wandern zur Tür. Im selben Moment geht sie auf. Eine Frau mittleren Alters, mit Spitznase und hellbraunen Haaren, die zu einer Dauerwelle frisiert wurden, kommt herein. Sie hat eine schwarze Hose und einen grauen Pullover an. Vor sich trägt sie einen Wäschekorb.

„Mum!", Marie ist völlig perplex.

Anita geht durch ihre Tochter hindurch zu dem Bett und stellt den Wäschekorb darauf ab.

„Sie kann dich doch nicht sehen!" Novellin wirkt genervt.

„Ich weiß. Ich war einfach nur überrascht mehr nicht", erklärt sich Marie und stellt sich zu ihrem Kleiderschrank. Auch wenn es möglich ist, übergeht sie ihren inneren Drang nach ihrer Mutter zu fassen. „Es ist einfach komisch, sie nach all den Monaten zu sehen und nicht mit ihr reden zu können."

„Du kannst mit ihr reden, wenn es dir dann besser geht", wirft Novellin ein. „Du hast es bei Daniel auch getan."

„Das war etwas anderes", hält Marie dagegen. „Sie ist immerhin meine Mutter." Maries Augenmerk liegt auf ihr.

Anita nimmt die zusammengefaltete Wäsche aus dem Korb und verteilt sie auf dem Bett.

Es handelt sich dabei um Pullover, Hemden und Hosen.

„Mum?" Eine Frau kommt ins Zimmer mit blond gefärbten Haaren. Sie trägt eine ausgewaschene Jeans und ein blaues Shirt. „Dad will wissen, ob wir die Gans jetzt schon in den Ofen schieben sollen?"
„Jennifer!" Wieder ist Marie überrascht. Es ist seltsam ihre Mutter und Schwester zu sehen, in dem Wissen, dass sie es nicht können.
„Deine Schwester ist hübsch", entgegnet Novellin ihr.
„Das war sie schon immer", antwortet Marie stolz darauf. „Die Typen sind ihr früher in Scharren nachgelaufen."
„Eifersüchtig?" Novellins Stimme wirkt spitz.
„Überhaupt nicht. Ihr war keiner gut genug."
Anita verdreht die Augen. „Sag ihm dafür ist es noch zu früh. Wenn er die Gans trocken und zäh haben will, kann es sie gern in den Ofen schieben, ansonsten soll er noch drei Stunden warten. Es ist noch viel zu früh dafür."
Jennifer grinst über beide Ohren. „Soll ich es ihm auch mit demselben genervten Tonfall wiedergeben, wie du es gerade zu mir gesagt hast?"
„Tu dir keinen Zwang an Kind." Anita nimmt das letzte Kleidungsstück aus dem Korb und legt es neben die schwarze Hose. Es ist eine Krawatte.
„Warum lässt du Dads Anziehsachen nicht in eurem Schlafzimmer?", will Jennifer wissen.
„Weil Johannes sie schon mittags anziehen würde und gegen Abend alles vollgesaut hätte", erwidert sie trocken. „Weißt du nicht mehr letztes Jahr? Einmal und nie wieder."

Jennifer kommt neben sie und legt ihren Arm um Anitas Schultern. „Was würden wir nur ohne dich tun?"
„Mal überlegen?" Anita legt ihren Finger grüblerisch auf die Unterlippe. „Dann hättet ihr den Vogel längst im Rohr und eure Abendgarderobe an."
„Ein wahres Wort." Jennifer gibt ihrer Mutter einen Kuss auf die Wange. Sie lässt von ihr ab und wendet sich zur Tür.
„Hat Marie schon angerufen?", will Anita wissen, bevor Jennifer das Zimmer verlässt.
Marie zuckt bei ihrer Frage merklich zusammen.
„Nicht, dass ich wüsste." Am Türpfosten hält sie inne.
„Komisch. Sie ruft doch, bevor sie zur Arbeit geht, immer an?", Verwunderung schwenkt in Anitas Worten mit.
„Oh ja und das eine geschlagene viertel Stunde", mault Jennifer.
„Sei nicht so", belehrt Anita sie mütterlich. „Sie hat nun mal viel um die Ohren. Ich bin froh, dass sie überhaupt anruft."
„Deine Mutter ist ein toller Mensch", stellt Novellin selbstsicher fest.
„Ich weiß", erwidert Marie. „Aber wie kommst du jetzt gerade darauf?"
„Man muss ihr nur zu hören. Wie sie dich verteidigt vor deiner Schwester. Sie könnte ebenfalls anklagend sein und sich über dein Fehlverhalten auslassen, aber das tut sie nicht. Sie hält dir die Stange. Sie steht hinter dir."
„Ich weiß", gibt Marie zu und betrachtet ihre Mutter sehnsüchtig. „Wie gern würde ich sie jetzt umarmen."

„Und ich wäre froh, wenn sie mal an Weihnachten zu Hause wäre", Jennifers Worte klingen hart. „Aber das, ist ja zu viel verlangt."
„Wenn sie erst einmal Chefredakteurin ist, dann ändert sich das schon." Sie wendet sich von ihrer älteren Tochter ab und setzt im Flüsterton nach. „Hoffe ich."
„Oh Mum." Reumütig wendet Marie ihren Blick ab.
„Wir werden sehen." Jennifer verschwindet aus der Tür. Ihre Stimme ertönt im Flur. „Mach dir keine Sorgen, sie ruft schon an."
„Wie spät ist es, Elli?" In Marie keimt plötzlich ein Verdacht auf.
„Es ist der 24ste Dezember und es ist neun vorbei." Novellin sieht sieh fragend an. „Warum?"
„Nur so." Unbehagen macht sich in ihr breit und ein Schauer läuft ihr über den Rücken, bei dem Gedanken, dass sie zu diesem Zeitpunkt längst tot ist. Sie wird nicht in der Lage sein können anzurufen, und zwar nie wieder. Wann werden es ihre Eltern erfahren? Wann wird der Himmel über sie einstürzen? Wann wird ihr glückliches Leben einem Scherbenhaufen gleichen?
Marie lässt sich dieses Schreckensszenario gerade durch den Kopf gehen, als ein entferntes Klingeln zu hören ist. Wie aufgeschreckt läuft ihre Mutter eilig zur Tür hinaus.
Novellin folgt ihr jedoch ohne Marie, die wie angewurzelt stehen bleibt. „Kommst du?"
„Nein." Marie schüttelt aufgebracht den Kopf. „Ich will es weder hören, noch sehen."
„Denk an dein Versprechen", erinnert ihre Fee sie.

„Das ist mir egal. Tut mir leid, Elli. Ich kann und will nicht." Mit verschränkten Armen, wie ein bockiges Kind, bleibt Marie in ihrem Zimmer stehen.

„Danach wirst du leider nicht gefragt." Novellin grinst wehleidig. Sie formt mit ihrer Hand langsam einen Bogen vor sich. Die Umrisse der Umgebung verschwimmen in dem Moment, als sie ansetzt. Nur noch ihre Fee ist zu erkennen, während alles andere verschwindet.

„Was machst du? Was hast du vor?" Marie ist mehr als beunruhigt.

„Es tut mir Leid Marie, aber es muss sein." Novellin beißt sich auf die Lippen. „Ich habe keine Wahl."

Plötzlich stehen beide in einem großen Raum mit cremefarbener Couch, Flachbildschirmfernseher und eleganten Vitrinen. An den Wänden hängen selbstgemalte Bilder, während auf den Schränken Fotografien stehen.

Vor Marie sitzen ihre Schwester Jennifer und ihr Vater Johannes. Der leicht ergraute Mann trägt ein kariertes Hemd und dazu eine braune Hose. Sie beide starren auf den Fernseher.

Im ersten Moment weiß Marie gar nichts mit diesen Eindrücken anzufangen, als das Telefon erneut klingelt.

„Oh nein!" Ihr Blick gilt Novellin, die sich hinter ihrer Schwester zu verstecken versucht. „Wie konntest du nur und seit wann kannst du das?" Mit ihrer Hand formt sie die Bewegung nach, wie es ihre Fee tat.

Novellin legt ihren Zeigefinger auf die Lippen. Ihre andere Hand deutet auf Anita, die gerade von der

Treppe herunter kommt. „Seit ihr neuerdings taub oder was?" Ohne auf eine Antwort zu warten, geht sie weiter. Es vergehen unsagbare Sekunden, als sie mit dem Telefon zurückkommt. „Guten Morgen! Bei Helm." Nervös ist Maries Augenmerk auf Anita gerichtet. In diesem Moment ist sie sich sicher, dass ihr Herz wie wild rast. Sie spürt das Klopfen bis in ihre Kehle. „Ach, du bist es Werner." Unsagbare Erleichterung überkommt Marie. Sie atmet hörbar aus. „Ja, danke dir und deiner Frau auch. Was wir machen?" Ihr Blick wandert zu Johannes und Jennifer auf die Couch. „Wir fangen jetzt dann mit dem kochen an." Sie legt eine Pause ein. „War doch klar. Heute sind alle Regale leergefegt, es liegen immerhin zwei große Feiertage vor uns. Was esst ihr nun außer Würste und Kraut?" Anita lächelt milde. „Essen gehen ist eine gute Idee."

„Oh Gott, ich habe schon das Schlimmste befürchtet." Von Marie fällt eine tonnenschwere Last ab. Sie sieht zu Novellin, die gerade von ihrer Schwester hervorkommt. Plötzlich kommt ihr erneut ihre Frage in den Sinn. „Seit wann kannst du das mit der Hand?"

„Als Fee stehen mir eine Bandbreite solcher Fähigkeiten zur Verfügung. Ich mache mir sie nur nicht zu Nutzen, weil ich dich zu nichts zwingen will. Ich will, dass du aus freien Stücken mit mir kommst."

„Warum hast du sie jetzt angewendet?"

„Weil mir klar war: Du wirst nicht mitkommen." Novellin schwebt vor ihr. „Du hast Angst vor dem, was kommt. Was eigentlich gut ist. Angst oder Reue zu empfinden macht einen aus, das macht dich menschlich.

Wenn es nicht so wäre, würdest du emotionslos dir alles von mir zeigen lassen."

Marie atmet angestrengt aus. „Ich habe wirklich Angst."

„Kann ich mir vorstellen. Der Tod ist auch beängstigend."

„Nein. Ich habe keine Angst vor dem Tod. Ich habe Angst davor, wie meine Eltern damit umgehen. Sie werden es nicht verkraften. Ich habe alles kaputt gemacht. Um mich mache ich mir keine Sorgen. Wenn ich tot bin, spüre und empfinde ich nichts mehr. Eine Last fällt von mir ab."

„Was?" Novellin ist erschüttert. „Wir sind solange unterwegs und dir geht es nur um dein Umfeld? Um die Menschen darin?"

„Sind wir deswegen nicht hier? Du willst mir doch zeigen, wie sie alle damit umgehen."

„Nein." Novellin ist aufgebracht. „Ich will dir mit diesen Besuchen zeigen, wie wertvoll dein Leben ist und wie sehr dich die Menschen schätzen. Du bist nicht hier um dich schlecht zu fühlen, sondern um deine Tat zu bereuen. Du sollst einsichtig werden."

„Das tue ich", schwört Marie. „Ich bereue, allen so viel Leid zugefügt zu haben."

Novellin wendet sich empört von ihr ab. „Das ist nicht dass, was ich meine. Ich rede von Äpfeln und du von Birnen."

„Elli, ich wollte dich nicht verärgern." Marie greift nach ihrer Hand. „Erklär es mir bitte, damit ich es verstehe."

Novellin schüttelt sie ab. „Du wirst es noch früh genug erfahren. Behalte dir dein Gerede von gerade im

Hinterkopf. Du wirst es noch brauchen."
Marie zieht ihre Hand zurück. Die Art wie ihre Fee mit ihr spricht, hört sich nach einer Drohung an. „Elli…"
„Sei still", herrscht Novellin sie an. „Schau einfach zu."
Marie gibt auf. Es hat keinen Sinn mit ihr zu reden. Sie tut, was Novellin sagt, und wendet ihre Aufmerksamkeit ihrer Familie zu. Ihre Mutter hat jetzt ebenfalls auf der Couch Platz gefunden. Sie fasst nach ihrem Strickzeug, das unter dem gläsernen Tisch liegt, und macht sich daran zu schaffen, während immer wieder ihr Augenmerk gen Fernseher fällt. Marie fühlt sich trotz der Tatsache ein Geist zu sein, wohl in Gesellschaft ihrer Familie. Ihr Augenmerk fällt auf Novellin, die sie keines Blickes würdigt. Ihre Wut ist jedoch mehr denn je zu spüren. Marie übergeht den Drang sich erneut zu entschuldigen und nimmt neben ihrer Mutter Platz. Sie lenkt ihre Aufmerksamkeit auf dem Weihnachtsfilm, der gerade im TV gezeigt wird. Marie braucht keine Sekunde, um zu wissen, welcher Film gezeigt wird. Es ist ihr Lieblingsfilm, den sie von klein auf jedes Jahr angesehen hat, bis ihr die Arbeit wichtiger wurde. Es handelt sich um ein altes Musical, das von drei Frauen erzählt, die sich verfahren und in einer verschneiten Kleinstadt Zuflucht suchen. Gerade wird die Stelle gezeigt, wo eine der Frauen mit dem Stallburschen auf dem Eis schlittert. Der junge Mann fällt auf seinen Hintern, was die Blondine lauthals zum Lachen bringt. „Na warte", droht er ihr und versucht auf seine Beine zu kommen.
Die blonde Frau lächelt keck und gibt ihm zu verstehen,

dass er sie erst einmal fangen müsse. Sie wendet sich ab von ihm und saust los. Auf wackeligen Beinen kommt ihr der braunhaarige Mann hinterher. Plötzlich fängt die Frau zu singen an. Die Melodien sind Ohrwürmer und leicht zum Nachsingen. „Ich liebe diesen Film", stellt Marie fest. Einem inneren Instinkt folgend, lehnt sie sich gegen das Sofa, um es gemütlicher zu haben und blickt auf den Tisch vor ihr, wo ein Teller mit Plätzchen darauf steht. Es sind mehrere Sorten und eine davon ist die, die sie im Zug der Wunder probiert hat. Marie will nach einem Plätzchen fassen, indem Wissen das sie, wenn sie es möchte, es berühren kann, als die Stimme der Schauspielerin an ihr Ohr dringt. „It´s a white, white Christmas for everyone and me. We spend the time together and hope…" Auf einmal fängt Anita neben ihr zum Mitsummen an. Marie kann sich darüber ein Grinsen nicht verkneifen. Sie betrachtet ihre Mutter eingehend. Anita wirkt zufrieden und glücklich, während sie im Takt mit wippt.

Das Lied klingt aus und auch Anita verstummt wieder. Ihre Augen sind auf das flauschige Etwas gerichtet, an dem sie strickt. „Marie liebt diesen Film", sagt sie zu sich selbst, jedoch kann Marie, die ihr am nächsten sitzt, alles hören.

„Hat Marie schon angerufen?", wirft auf einmal Johannes ein.

„Bis jetzt noch nicht, Dad", entgegnet ihm Jennifer.

Marie zuckt kurz zusammen bei ihrem Namen.

„Und Michael?" Er kratzt sich am Kinn.

Jennifer schüttelt nichts ahnend ihren Kopf. „Keinen

Schimmer."

Plötzlich fällt auch Marie auf, dass ihr Bruder fehlt. In dem ganzen Tumult hat sie seine Abwesenheit gar nicht bemerkt. Ihre Aufmerksamkeit wandert zu Novellin, die sie immer noch ignoriert. Für einen kurzen Augenblick wägt sie ab, ihre Fee nach ihm zu fragen, doch verwirft Marie den Gedanken sofort, da Novellins Gesichtsausdruck mehr als nur verärgert wirkt. Sie wendet sich wieder dem Film zu.

Während der Abspann läuft, streckt Marie ihre Glieder. Selbstzufrieden und mit der Welt im Reinen betrachtet sie ihren Vater, der gerade die Fernbedienung in seine Hand nimmt und das TV-Gerät abschaltet. „Oder will jemand von euch die Nachrichten sehen?"

Anita und Jennifer lehnen dankend ab. Letztere steht auf und geht zu der Musikanlage, die sich neben einer der Vitrinen befindet. Sie schaltet sie an und sucht nach dem richtigen Sender. Es dauert einen Moment, bis sie fündig geworden ist. Klaviermusik und eine raue Frauenstimme erfüllen den Raum. Jennifer nimmt wieder Platz auf ihrem Sessel und wendet sich ihren Eltern zu. „Was soll das eigentlich werden, was du da strickst?"

Wachsam belauscht Marie die Gespräche ihrer Familie, die sich ums Stricken, die Nachbarn und den Weihnachtsmarkt in der Stadt drehen. Immer wieder aufs Neue fragt einer von den Dreien nach: Hat Marie schon angerufen? Marie zuckt dabei immer wieder zusammen. Novellin regt sich kein Stück dabei. Sie wirkt anteilslos, als ob es sie gar nichts anginge. Maries

Aufmerksamkeit wandert immer wieder zur Uhr. Es ist ein wunderbares Gefühl zu Hause zu sein, auch wenn sie nicht wahrgenommen werden kann, aber die Angst vor dem Anruf ihrem Selbstmord betreffend, sitzt ihr wie ein Schalk im Nacken. Es vergehen zwei Stunden in denen nichts passiert.

Im späten Vormittag ist nun auch Michael zu Hause eingetroffen. Ihr glatzköpfiger, Anzugtragender Bruder, war zuvor noch bei der Familie seiner Freundin, daher verspätete er sich. Nachdem sich Michael umgezogen hat, macht er es sich auch auf der Couch bequem. In Jogginghose und T-Shirt sitzt er mit allen zusammen und schaut einen Klassiker an, der an Weihnachten immer gezeigt wird.

Während der Abspann läuft, gehen Anita und Jennifer aus dem Wohnzimmer in Richtung Küche. Ohne ein Wort zu sagen, folgt Novellin ihnen. Marie schließt sich ihr an. Als sie in die Küche kommen, haben die anderen beiden sich schon eine rot-weiß gestreifte Kochschürze umgebunden.

„Na dann, auf in den Kampf." Jennifer reibt sich tatkräftig die Hände. Sie öffnet den Kühlschrank und holt die Gans daraus hervor. „Oh Mann ist die schwer. Die wiegt ja eine Tonne." Sie stellt sie auf der Küchenzeile ab. „Wie hast du nur dieses Viech tragen können, ohne einen Bandscheibenvorfall zu erleiden?"

Anita wirft ihr einen ironischen Blick zu. „Sei nicht albern. Die Gans wiegt höchstens vier Kilo."

„Wenn du die Fülle und die Bratenform dazuzählst, sind wir schon bei einer Tonne." Sie grinst über beide

Ohren. „Was ich gesagt habe."
Mum verdreht ihre Augen. „Wir müssen ihr jetzt nur noch den Hintern zu nähen, sonst fällt die Fülle raus." Sie fasst in einen der Schübe hinter sich.
„Igitt. Das ist wirklich eklig, wenn man genau darüber nachdenkt." Jennifer schüttelt es richtig dabei. „Einem gerupften und toten Viech den Arsch zuzunähen."
„Freut mich, dass du so begeistert bist." Anita kommt neben sie. In ihrer Hand hält sie Nadel und Bindfaden. „Denn dass, wird deine Aufgabe sein."
„Oh, nein." Jennifer wehrt sich mit beiden Händen dagegen. „Das mache ich nicht."
„Oh, doch." Anita reicht ihr beides.
Die beiden starren sich an, als ob es ein Wettstreit wäre, der sich um das Zunähen des Vogels dreht. Jennifer gibt nach kurzer Zeit auf. „Ok. Wenn du es so haben willst." Mit zitternden Händen greift sie nach der Nadel und dem Faden. Sie fädelt ihn durch die Öse und blickt auf den hinteren Teil der Gans, der zugenäht werden soll. „Oh Mann."
„Keine Angst, sie wird dich schon nicht beißen", neckt Anita sie.
„Danke Mum, dessen bin ich mir bewusst." Sie starrt auf die Öffnung, aus der Äpfel und Orangen rausschauen.
„Jennifer, das ist eine Gans und kein Bauplan. Mach keine Wissenschaft daraus und setzt endlich die Nadel an", gibt Anita ungeduldig von sich.
„Jaja, hetz mich nicht so." Jennifer lockert ihre Arme. „Ich will es nur richtig machen."

Es dauert weitere Minuten, bis sie den ersten Stich setzt. Nachdem sie sich damit vertraut gemacht hat, ist die Gans in nu zusammengenäht.

„Eine Glanzleistung." Jennifer hebt die Gans samt Bratenform hoch und wirft ihrer Mutter einen verschwörerischen Blick zu.

„Oh ja, wie wahr. Du hast dich selbst übertroffen. Ein Meisterwerk. Du solltest das beruflich machen."

„Ich weiß." Jennifer ist begeistert über ihr Schaffen. In selben Moment klingelt das Telefon. „Oh, ich geh ran." Sie stellt die Form ab und geht um die Kochinsel zur Küche raus.

Maries Blick verharrt weiter auf ihrer Mutter. Die traute Zweisamkeit und das gegenseitige Necken sind schön anzusehen.

„Wer war es denn?", will Anita wissen als Jennifer zurückkommt.

Sie zuckt nur mit ihren Schultern. „Die Polizei. Keine Ahnung, was sie wollen. Dad ist am Telefon."

Jennifers Aussage lässt Marie erstarren.

Kapitel 8

„Die werden sich bestimmt verwählt haben." Anita dreht und wendet die Gans in alle Richtungen. „Das haben wir wirklich gut hinbekommen."
„Nicht wahr." Jennifer legt ihre Hand freundschaftlich auf Anitas Schulter. „Wir sind einfach unschlagbar."
Anita will zum Erwidern ansetzen, als Johannes in der Küche erscheint. „Schau mal, wie toll Jennifer das gemacht hat." Mit ihrem Zeigefinger deutet sie auf die Gans. „Ich bin direkt ein wenig überwältigt."
Johannes sagt nichts dazu. Seinem Gesichtsausdruck nach, ist er um Fassung bemüht. In seiner linken Hand hält er noch das Telefon. „Was ist los, Schatz?"
„Das…", seine Stimme bricht weg. Er wendet sich ab und atmet schwer ein. „Das war gerade die Polizei."
„Hab ich schon gehört." Anita geht zum Backofen und öffnet die Tür davon. „Bist du bei Rot über eine Ampel gefahren?", scherzt sie.
„Oder hast du im Kaufhaus was mitgehen lassen?", neckt Jennifer ihn mit.
„Nein…es….", seine Stimme ist kaum hörbar.
„Johannes?" Anita wirkt irritiert. „Was ist?"
„Ja Dad, alles in Ordnung", will nun auch Jennifer wissen.
Stillschweigend steht Johannes vor ihnen. Ihm fehlen die Worte.
„Na komm schon. Was hast du?" Anita nimmt die Form zur Hand und wendet sich ihren Backofen zu. „Mach es

nicht so spannend."

Wieder atmet Johannes tief ein. „Marie ist tot", seine Stimme ist nur ein Flüstern.

Jennifers Stirn liegt in Falten, während Anita sich zu Johannes zurückdreht.

„Was hast du gesagt?" Mit dem Vogel in der Hand steht sie vor ihm.

Erneut gibt Johannes keinen Ton von sich.

„Dad? Wovon redest du?"

Johannes kommt auf die Kochinsel zu und legt das Telefon darauf ab. „Sie wurde von ihrer Haushaltshilfe heute Morgen tot in ihrer Wohnung gefunden", seinem Ton nach, hat er es selbst noch nicht begriffen.

Plötzlich herrscht beklemmende Stille im Raum. Alle sehen sich an, doch keiner sagt ein Wort. Die Drei stehen nur da und versuchen diese Nachricht zu verdauen. Anita ist die erste, die ihre Stimme wieder findet. „Nein?" Sie grinst misstrauisch. „Das kann nicht sein. Du musst dich täuschen. Warum sollte sie tot sein? Sie ist 27 Jahre alt und kerngesund."

Johannes sagt nicht dazu. Er wirkt wie in Trance, unfähig seine Lippen bewegen zu können.

„Dad?", Jennifers Stimme ist brüchig.

„Sie hat anscheinend einen Haufen Schlaftabletten, mit starkem Alkohol runtergeschluckt", bricht es aus ihm heraus. „Die Polizei weiß noch nichts Genaueres, aber sie muss schon seit einigen Stunden tot gewesen sein. Die Sanitäter haben versucht sie wieder zu beleben, doch es kam jede Hilfe zu spät. Sie ist an einer Medikamentenvergiftung gestorben."

„So ein Unsinn", gibt sich Anita uneinsichtig. „Warum sollte sie so etwas tun?"
Jennifer kommt um die Kochinsel herum auf Johannes zu. „Dad? Ist das wahr?"
Er nickt nur. „Mein kleines Mädchen."
Tränen sammeln sich in Jennifers Augen. Sie lässt von Johannes ab und blickt zu Anita. „Mum." Ihre Stimme ist schmerzerfüllt.
„Jennifer...was...?", sie hat es immer noch nicht begriffen. Ihre Augen wandern zu Johannes. „Nein. So etwas tut sie nicht. Ich kenne meine Tochter." Sie gibt sich selbstsicher. „Warum sollte sie auch, wo es doch keinen Grund dafür gibt." Sie atmet lautstark ein, als ob sie das Gefühl hätte zu ersticken. „Ihr irrt euch. Ich werde sie jetzt dann anrufen."
„Mum?" Michael erscheint in der Küche. Seine Augen sind rot unterlaufen, als ob er seit Stunden weinen würde. „Marie!"
Anita schüttelt nur ihren Kopf, doch seine Erscheinung lässt sie Böses erahnen. „Nein. Sei still. Ich will nichts hören. Ich...", ihre Stimme verebbt. Sie beißt sich schmerzlich auf ihre Lippen. Sie schaut auf die Gans in ihrer Hand. „Ich... ich muss den Vogel ins Backrohr schieben, sonst essen wir heute Abend Pizza." Ihr Lächeln wirkt gestellt, während ihre Augen nass schimmern. Sie wendet sich von allen ab und geht auf den Backofen zu.
„Mum! Lass das doch jetzt..."
Im selben Moment fällt die Bratenform zu Boden. Das Geräusch, als sie am Boden aufschlägt, hallt in der

Küche wieder und ist dadurch ohrenbetäubend.
„Nein!", schreit Anita verzweifelt auf, während alle anderen zusammenzucken. Sie fällt auf die Knie. „Nein, bitte nicht meine Kleine." Verzweifelt vergräbt sie ihr Gesicht in ihren Händen. „Bitte nicht!" Sie weint lautstark los. „Bitte nicht!"

Michael kniet sich neben seiner Mutter. Seine Arme sind tröstend um ihre Schulter gelegt. „Oh Mum!"

Sie umarmt ihn ebenfalls. „Oh mein Gott", stöhnt sie verzweifelt auf.

Marie hat nun selbst Tränen in den Augen. Ihre Familie so leiden zu sehen, wollte sie nicht. Die Reise war schon schwer genug, aber das? Das ist unerträglich für sie. Es ist schwer mitanzusehen wie verzweifelt und erschüttert sie sind. Sie wollte keinem wehtun und doch hat sie allen Schmerz zugefügt. Sie hat nicht so weit gedacht, dass ihr Tod nicht nur sie angeht. Johannes kniet nun ebenfalls auf dem Boden. Er legt seine Hand um Anita und Michael, um ihnen vergebens Trost zu spenden.

Jennifer steht noch immer vollkommen perplex an ihrem Platz. Sie wirkt zum Teil abwesend und zum Teil unendlich traurig, als ob sie sie mit sich selbst einen inneren Kampf austrägt, ob sie es glauben soll oder nicht.

Marie blickt zu ihrem Vater herab, dessen Hände immer noch um ihre Mutter und ihren Bruder liegen.

„Es tut mir so leid, Schatz", meint Johannes und gibt seiner Frau einen Kuss auf die Stirn.

Marie wendet sich ab. Das Gezeigte ist zu hart für sie.

„Bring mich hier weg." Sie wendet sich an Novellin, die sie keines Blickes würdigt. „Bitte", fleht sie. „Ich will das nicht mehr sehen." Sie wischt sich die Tränen mit ihrer Hand aus den Augen. „Bitte, Elli. Bring mich fort von hier."

Wortlos formt Novellin einen Bogen mit ihrer Hand. Alles um die beiden herum verblasst und sie finden sich in demselben Raum wieder, nur mit dem Unterschied, dass Anita als Einzige anwesend ist. Sie ist komplett in Schwarz gekleidet und starrt ins Leere. Mit einem Taschentuch putzt sie sich die Nase. Ein Wimmern widerfährt ihr. „Mein kleines Mädchen", flüstert sie vor sich hin.

Marie ist starr vor Trauer. Es zerreißt sie innerlich, ihre Mutter so zu sehen.

Anita hält ein Taschentuch in ihrer Hand, während ihr Blick gegen den Boden gerichtet ist. Etwas scheint ihre Aufmerksamkeit zu erregen, da sich ihre Augen zu Schlitzen formen. Sie steht auf und nimmt mehrere Einweghandtücher von der Küchenrolle, die neben der Kaffeemaschine aufgestellt ist. Sie dreht den Wasserhahn auf und hält die Papiertücher darunter. Nachdem sie durchnässt sind, windet Anita die Tücher aus und kniet sich auf den Boden. Marie senkt ihren Kopf und sieht genauer auf die Stelle des Fußbodens, wo ihre Mutter gerade eifrig putzt. Es sind noch einige Flecken zu erkennen, von der Gans, die sie fallen hat lassen. Es vergehen nur Sekunden, die sich wie eine Ewigkeit anfühlen. Marie spürt die Trauer und die Verzweiflung, die ihre Mutter umgibt, während sie weiter wie besessen die Fliesen schrubbt. Plötzlich lässt Anita davon ab. Ihre Atmung ist schnell und kurz. Sie lässt sich mit ihrer Schulter gegen einen der Küchenschränke fallen. Obwohl ihre Augen geschlossen sind, weiß Marie, dass sie weint. „Oh Mum!", setzt sie an. Plötzlich sind Schritte zu hören. Anita schreckt vom Boden hoch. Ihr Blick ist zur Küchentür gerichtet, doch es tritt niemand ein. Sie atmet angestrengt aus. Für einen kurzen Moment hält sie inne. Ihr Blick ist ausdruckslos und nichtssagend.

„Mutter?", fragt Marie irritiert nach. „Was hast du?"

Im selben Moment putzt sich Anita die Nase mit ihrem Handrücken. Sie räuspert sich und wirft das benutzte Papiertuch in den Mülleimer unter der Spüle. Nachdem sie sich ihre Hände gewaschen hat, nimmt sie an einem der Stühle in der Küche Platz.

Ihre Haltung gleicht einem buckligen Mann. „Mein kleines Mädchen", wimmert sie erneut.

Schweren Herzens tritt Marie heran. „Mum?" Sie legt ihre Hand auf deren Schulter. „Ich weiß du kannst mich nicht hören, aber... es tut mir leid."

„Ich weiß", antwortet ihre Mutter und greift ihre Hand. Diese Geste schockt Marie. „Oh mein Gott. Sie kann mich hören?" Ihre Augen wenden sich an Novellin. Sie sagt nichts.

„Mum." Marie kommt um sie rum und kniet vor ihr. „Es tut mir...", sie verstummt beim Anblick ihrer Schwester, die wie ein Häufchen Elend hinter Anita steht. Erst jetzt wird ihr klar, dass ihre Mutter nicht ihre Hand, sondern die von Jennifer hält. Marie verharrt weiter in ihrer Position.

„Weißt du, an was ich denken muss?", stellt Anita rhetorisch die Frage. „Wie verzweifelt muss sie gewesen sein, umso etwas zu tun? Was hat sie nur geritten? Hatte sie Schwierigkeiten, Liebeskummer oder Ärger in der Arbeit? Mir will es nicht in den Kopf gehen. Warum hat sie das getan?"

„Ich verstehe es selbst nicht." Jennifer putzt sich die Nase mit einem Taschentuch.

„Ich frage mich die ganze Zeit über, ob es Anzeichen dafür gab?", redet Anita unbeirrt weiter. „Hat sie sich anders verhalten? Hat sie zu irgendjemand etwas gesagt?"

„Kann ich mir nicht vorstellen Mum. Du weißt, wie sie war. In den letzten Jahren war sie ziemlich in sich gekehrt."

„Vielleicht hätten wir sie öfter besuchen sollen", stellt Anita mit Tränen in den Augen fest.

„Wann denn?", will Jennifer wissen. „Sie hatte doch nie Zeit. Immer war sie mit Arbeit beschäftigt. Wann hätten wir sie besuchen sollen?"

„Keine Ahnung wann. Wir hätten es einfach tun müssen. Sie dazu zwingen sollen. Wir leben alle hier und sie ist alleine in Berlin. Das ist doch nicht richtig. Mein kleines Mädchen in der großen Stadt. Sie muss sich richtig verloren gefühlt haben und ihre Familie war nicht da."

„Oh, nein", Marie dämmert es, auf was ihre Mutter hinaus will. „Nein Mum. Es hat gar nichts mit euch zu tun. Es ist nicht eure Schuld."

„Mum, bitte hör auf dich verrückt zu machen", wimmert Jennifer. „Wir haben unser Bestes gegeben."
Marie nickt. „Ja, wirklich. Ihr habt alles getan. Hör auf dir etwas einzureden, was nicht stimmt."
„Ich weiß nicht." Anita schüttelt ihren Kopf ungläubig. „Ich glaube, es ist meine Schuld. Ich bin ihre Mutter und habe sie in Stich gelassen.
„Nein Mum", setzt Marie vergebens dagegen. „Es hat nichts mit dir zu tun."
„Es ist meine Schuld." Anita flüstert nur noch. „Dafür setzt man sie nicht in die Welt. Man zieht sie nicht groß, damit sie nur einige Jahre vor sich haben. Man will, dass sie erwachsen werden, heiraten und Kinder bekommen. Es ist nicht in Ordnung, dass sie vor den Eltern sterben."
„Bitte, Mum hör auf so zu reden", fleht Marie verzweifelt. „Du machst mir Angst."
„Ich würde sofort mit ihr tauschen." Anita vergräbt das Gesicht in ihren Händen.
Marie kniet weiter vor ihr. Sie weiß nichts dazu zu sagen. Was sie am wenigsten wollte, war, dass ihre Mutter sich die Schuld an allem gibt. Sie hatte keine Schuld. Sie war eine gute Mutter. „Du warst die beste Mutter, die ein Kind haben konnte. Ich möchte keine andere." Unbehagen steigt in ihr auf. „Wäre ich eine bessere Tochter gewesen, hätte ich dich vor dieser Erfahrung beschützt." Sie legt ihre Stirn auf den Schoß ihrer Mutter. „Bitte verzeih mir, dass ich so dumm war."
„Schatz, wir müssen los, wenn wir noch heute Abend in

Berlin ankommen wollen." Marie blickt auf. Ihr Vater steht hinter Jennifer. Seine Erscheinung spricht für sich. Er hat die ganze Situation noch nicht begreifen können. Er steht da und zittert am ganzen Leib. Die Autoschlüssel in seiner Hand klirren.

„Was?" In Marie reift Panik. „In deinem Zustand willst du noch fahren?"

Anita atmet schwer ein. „Du hast recht." Sie wischt sich ihre Tränen aus dem Gesicht. „Wir müssen los." Sie steht von ihrem Platz auf und kommt ihrem Mann und der Tochter nach.

„Ihr könnt nicht fahren!", ruft sie ihnen vergeblich nach. Sie wendet sich an Novellin, die an der Kochinsel Platz genommen hat. „Sie sollten nicht fahren!"

Ihre Fee zuckt uninteressiert mit ihren Schultern. „Was sagst du das mir? Ich und du sind tot. Wir können ihnen nicht sagen, was sie tun oder zu lassen haben." Sie verschränkt ihre Arme vor der Brust. „Es kann uns egal sein, was mit ihnen passiert."

Marie blickt sie mit geweiteten Augen an. „Wie kannst du nur so etwas sagen? Ihnen könnte weiß Gott was passieren. Es ist keine Fahrt von 10 Minuten, sondern von mehreren Stunden."

„Hör schon auf", mault Novellin. „Spiel nicht den Moralapostel. Belehre mich nicht für etwas, was deine Schuld ist."

Marie ballt ihre Hand vor Wut zur Faust. Ihre Finger schmerzen richtig unter dem Druck. „Gut. Ich verstehe, du bist immer noch sauer, aber dass geht zu weit. Wenn du willst, dass ich mich entschuldige, dann bitte: Ich

entschuldige mich dafür dass ich uneinsichtig war. Das mir der Schmerz, den ich anderen zugefügt habe wichtiger war, als mein Leben", leiert Marie herunter in der Hoffnung Novellin milde zu stimmen.
„Mir kommen die Tränen", antwortet die ihr unbeeindruckt darauf.
„Was willst du von mir hören?", Maries Stimme ist aufgebracht über die kühle Haltung ihrer Fee.
„Was denkst du, was ich hören will?", stellt Novellin als Gegenfrage. „Oder besser gesagt, was willst du damit erreichen?" Novellin hält in der Luft inne. Sie ist knapp einen Meter entfernt von Marie. „Ich kann die Geschehnisse nicht ändern. Du kannst es noch so gut meinen, deine Entschuldigung kann noch so aufrichtig sein, sie nützen nichts."
„Und warum?", will Marie wissen.
„Weil ich nicht der Vollstrecker bin. Ich kann die Zukunft nicht beeinflussen. Ich kann sie dir nur zeigen, aber sie verändern liegt nicht in meiner Macht."
„Aber...?" Ein Geräusch von einer zufallenden Tür lässt sie verstummen. Sie wendet sich von Novellin ab und geht aus der Küche. Panisch streift ihr Blick umher. „Mum?! Dad?!" Sie geht durch jeden Raum im Erdgeschoss. Ihr Kopf dreht sich in alle Richtungen. „Hallo?" Bei der Treppe kommt sie zum Stehen. Ihr Atem ist schwer, während sie sich am Geländer festhält. „Jennifer?! Michael?! Wo seid...?" Sie bricht mitten im Satz ab. „Oh Mist!" Mit ihrer Handfläche schlägt sich Marie gegen ihre Stirn. „Sie können mich nicht hören."
Wieder erklingt ein Geräusch. Dieses Mal ist es jedoch

dumpfer. Einem inneren Impuls folgend, eilt Marie ins Esszimmer. Mit Adleraugen späht sie durch die Vorhänge des Fensters. Ihre Eltern und die Geschwister fahren gerade mit ihrem schwarzen, schnittigen Syconon aus der Einfahrt. „Mum!!!", ruft Marie aufgebracht und hechtet aus dem Zimmer. Als sie an der Haustür ankommt, fasst sie einem inneren Impuls folgend an den Knauf. Sie greift hindurch. „Du bist so dumm Marie! Du bist unsichtbar", schimpft sie sich selbst. Ihr Augenmerk ist auf die weiße Oberfläche der Tür gerichtet. Ohne weiter nachzudenken, will Marie durch sie hindurchgehen, doch schlägt sie mit ihrem ganzen Körper dagegen. Marie fällt zurück. „Was?" Sie reibt sich ihre Stirn, die nach dem Aufprall etwas schmerzt. Mit ihrer anderen Hand fasst sie nach der Türoberfläche. Sie ist hart und wirkt undurchdringlich. „Was soll das? Was geht hier vor?" Sie fasst mit ihrer zweiten Hand dagegen und untersucht die Tür von oben bis unten, doch Fehlanzeige: Sie kann durch die Tür nicht hindurchgehen. Wieder testet ihre Hand den Knauf. Ihr Griff geht ins Leere. „Was soll das verflucht?"

Ein Kichern reißt sie aus ihrer Panik. Marie dreht sich um und erblickt Novellin, die gerade im Flur erscheint. „Was ist hier los, Elli? Warum kann ich nicht durch diese Tür gehen?"

„Woher soll ich das denn wissen?" Novellin gibt sich kein bisschen Mühe, ihre Falschheit zu verstecken.

Marie geht darauf nicht ein. „Und der Knauf?"

„Was soll damit sein?", fragt Novellin unbeirrt weiter

desinteressiert nach.

„Das ist kein Spiel, Elli", entgegnet ihr Marie barsch. „Warum kann ich nicht durch die Tür gehen, aber durch den Knauf hindurchfassen? Bin ich unsichtbar oder nicht?"

„Da fragst du mich eindeutig zu viel. Woher soll ich das wissen?" Novellin packt die Enden ihres pompösen Kleides und dreht sich um die eigene Achse. „Lalalalala."

„Tu das nicht Elli. Ich weiß, dass du dahinter steckst. Das ist alles dein Werk." Marie greift erneut gegen die Tür. Sie ist hart und undurchdringlich. „Siehst du?" Jetzt versucht sie den Knauf zu fassen. „Ich kann ihn nicht greifen." Novellin dreht weiter ihre Runden um sich selbst. Ihr Gesang ist lauter als zuvor. „Elli, ich rede mit dir!!!", brüllt Marie sie an. „Behandle mich nicht wie Luft. Ich bin nicht unsichtbar, noch lebe ich."

Novellin hält in der Luft abrupt inne. Ihre Augen sind wachsam, doch ihre Antwort ist gehässig. „Das ist ja ein Ding. Jetzt auf einmal scherst du dich um dein eigenes Leben, oder ist es nur die Qual mit anzusehen, wie deine ganze Familie vielleicht ins Verderben läuft?"

„Lass das. Wir haben keine Zeit dafür. Die Zeit drängt, wir müssen ihnen nach."

„Ein wahres Wort. Es drängt wirklich. Wir haben keine Zeit deiner Familie nachzulaufen." Unbeeindruckt fliegt Novellin ihr entgegen. „Wir müssen weiter." Ihre Hand fasst grob nach der von Marie. Wie schon einmal, drehen sich die beiden wie ein Wirbelwind um die eigene Achse.

Kapitel 9

Eine unbekannte Männerstimme dringt an Maries Ohr. Sie kommt ihr weder freundlich, noch bekannt vor. Sie spitzt ihre Ohren und lauscht dem Flüstern neben ihr. Nach einigen Sekunden ist sie sich sicher, dass der Mann ein Gebet aufsagt. Plötzlich erklingen mehrere Stimmen. Mehrere Frauen und Männer sind darunter zu hören. Unsicher schlägt sie ihre Augen auf und schaut rechts neben sich. Ein grauhaariger alter Mann in Schwarz gekleidet steht neben ihr. Sein Blick ist nach vorne gerichtet, während er unbeirrt weiterspricht. Seine Hände sind gefaltet, während sein Gesicht ausdruckslos scheint. Marie wendet ihren Kopf hinter sich. Unzählige Menschen jeder Altersgruppe stehen hinter ihr. Viele darunter sind dunkel gekleidet und haben ihre Hände verschränkt. Sie beten alle, während ihr Blick nach vorne oder zu Boden geht. Marie betrachtet jeden Einzelnen von ihnen, doch die Gesichter sagen ihr nichts. Plötzlich verstummen die Stimmen. Der Mann neben ihr und alle anderen nehmen Platz. Wie eingefroren steht Marie da. Ihr Blick gilt der Sitzgelegenheit. Es handelt sich um eine Kirchenbank aus Holz mit dunkelgrauem Polster. Eine raue Männerstimme, die durch ein Mikrofon zu kommen scheint, nimmt ihre Aufmerksamkeit ein. Sie blickt nach vorne. Ein Pfarrer im schwarzen Gewand steht am Altar und um ihn herum sechs Ministranten. Ihr Blick gilt den ersten Reihen. Es sitzen mehrere Menschen dort. Von

hinten sind sie jedoch nicht klar zu deuten, nur die Haare lassen Vermutungen zu. Nach genauer Betrachtung ist sie sich sicher, dass es sich um ihre Eltern, Geschwister und Verwandten handelt. Erleichterung überkommt Marie. Ihre Eltern leben.
Ihr Blick streift erneut durch die Kirchenbänke auf ihrer Seite und dann auf die anderen links im Raum. Bekannte Gesichter schauen aus der Menge. Gesichter die Marie von klein auf begleitet und ihr den Weg geebnet haben. Eine Frau, mit kurzen Haaren und dicker Brille sitzt in einer der mittleren Bänke. Marie braucht keine Sekunde, um zu wissen, dass es sich um ihre alte Mathematiklehrerin handelt. Neben ihr sitzt eine junge Blondine, die sich mit einem Taschentuch die Nase putzt. Es handelt sich um Maries erste beste Freundin, mit der sie zur Grundschule ging. „Dich habe ich ja schon ewig nicht mehr gesehen, Tanja", bestätigt Marie sich selbst ihre Beobachtung. Ihr Augenmerk geht auf die hinteren Bänke. Männer und Frauen in Maries Alter haben darin Platz gefunden. Sie alle stammen aus ihrem Jahrgang. „Wir sind auf meiner Beerdigung", stellt sie voller Überzeugung fest. „Oder Elli?" Ihr Blick gilt den Reihen und den Menschen aus ihrer Schulzeit, von denen die meisten ziemlich betroffen wirken. Marie muss sich selbst eingestehen, manche von ihnen erst nach genauerer Betrachtung erkannt zu haben. „Elli?" Sie wendet sich von ihren ehemaligen Schulkameraden ab und dreht sich zurück, doch von ihrer Fee fehlt jede Spur. „Elli?", flüstert sie erneut und dreht sich zu dem alten Mann, der vor sich hin betet. „Elli, wo bist du?"

Maries Aufmerksamkeit fällt auf die Reihen hinter ihr. „Elli!!!", schreit sie lautstark indem Wissen, unsichtbar für alle Anwesenden zu sein. Wieder nichts. Keine Antwort von Novellin, während die Menge vor sich hinflüstert. Das Gefühl in dieser Situation alleine zu sein, schüchtert Marie ein. Sie fühlt sich in diesem Moment mehr als nur allein, sie fühlt sich im Stich gelassen von Novellin. Marie versucht sich zu fassen und nimmt Platz. Irgendwo muss Novellin sein. Sie wird zurückkommen, wenn sie sich beruhigt hat und nicht mehr sauer ist. Marie lässt von ihren Gedanken ab und widmet sich den Geschehnissen vorn am Altar zu. Der ältere Pfarrer redet von dem Leben, was für ein Geschenk es sei und wie leichtsinnig damit umgegangen wird. Er redet von dem Drang nach beruflichem Ansehen und wie man die wichtigen Dinge dabei aus den Augen verliert. „Passt wie gespuckt", piepst Marie und blickt flüchtig nach links. Wo ist nur Elli abgeblieben? Wieder dreht sie sich in alle Richtungen um Ausschau nach ihr zu halten, doch Fehlanzeige. Von Novellin fehlt jede Spur. Unbehagen macht sich in Marie breit. Sie steht von ihrem Platz auf und geht rechts aus der Kirchenbank raus. Zielorientiert sucht sie nach Novellin, die sie in den anderen Bänken vermutet.

„Wo bist du Elli?" Marie verschwindet in einer der letzten Bänke, da sie annimmt etwas Glitzerndes wie Novellins Kleid erspäht zu haben. Während sie weiter nach ihrer Fee sucht, ruft der Priester zu einem gemeinsamen Gebet auf. Marie schreckt kurz zusammen, als die Menge sich erhebt. Nachdem sich der Schock etwas gelegt hat, macht sich Wut über die erfolglose Suche nach Novellin breit. „Wo bist du denn Elli?" Marie stampft durch die Holzbänke hindurch bis hinter die letzte Bank. Ihr Gesicht glüht vor Zorn. „Komm raus! Das ist nicht lustig!", versucht sie Novellin aus ihrem Versteck zu locken, jedoch vergebens. Marie stellt sich in den Mittelgang der Kirche und fängt erneut zu suchen an. Ohne Erfolg zieht ihre Aufmerksamkeit von einer Bank zur anderen. Immer wieder ruft sie: „Elli!" Doch ihre Fee antwortet nicht.

Marie kommt vor der ersten Reihe zum Stehen. Der Pfarrer redet gerade davon, dass der Tod allgegenwärtig ist und nicht als Ende gesehen werden sollte. Sie wendet sich der rechten Reihe zu. Ihr Vater sitzt ihr am nächsten, danach kommen ihre Mutter, die Geschwister und ihre nahestehende Verwandtschaft. Ausnahmslos tragen alle schwarze Kleidung. Die meisten blicken starr zu Boden. Als ob sie es immer noch nicht glauben können. Als ob es ein böser Traum wäre. Schweren Herzens geht Marie an ihrem Vater vorbei zur Mutter. Die Vorwürfe, die sich Anita gemacht hat, kommen ihr in den Sinn. Vor ihr bleibt sie stehen. „Mum. Ich weiß es ist nur ein schwacher Trost, aber es tut mir leid dich so zu sehen und es tut mir leid, dass du dir Vorwürfe machst. Es war nie meine Absicht dir wehzutun. Du warst eine gute Mutter, egal was du glaubst. Du warst die beste Mutter, die ein Kind haben konnte. Mir waren die Ausmaße nicht bewusst, die

mein Handeln annehmen. Ich war voller Zorn und sah keinen Sinn in allem. Ich war einfach nur enttäuscht und sah nur einen Ausweg. Jetzt…" Marie blickt zu ihren Geschwistern und der Verwandtschaft. Die große Anteilnahme ist überwältigend. Doch hat sie etwas anderes erwartet? „Jetzt merke ich, wie dumm ich doch war. Ich bereue meine Tat. Was ist schon ein Misserfolg, wenn man eine Familie hat, die hinter einem steht."
Anita sitzt nur da, sie rührt sich kein bisschen. Es wirkt, als ob sie mit offenen Augen, die ins Leere starren, schlafen würde. Maries Aufmerksamkeit wandert zu ihrem Bruder Michael, der ebenfalls benommen wirkt.
„Michael…" Im selben Moment zückt ihre Schwester ein Taschentuch. Sie putzt sich die Nase und versucht sich ein Wimmern zu unterdrücken. „Jennifer." Sie geht einen Schritt zur Seite und steht nun vor ihr. „Ich weiß, dass ich eine schlechte Schwester war. Dass ich mich mehr integrieren hätte sollen, mehr an deinem Leben teilnehmen hätte müssen. Mir wird es jetzt erst richtig bewusst, wie sehr ihr euch vernachlässigt gefühlt habt."
„Es ist tragisch, wenn ein Mensch aus dem Leben gerissen wird, insbesondere in dem Ausmaße. Das Leid, was Familie Helm gerade durchmacht, wird unermesslich sein." Der Pfarrer beendigt seine Predigt und ruft abermals zu einem Gebet auf. „Lasst uns für sie beten."
Marie betrachtet ihre Familie. Alle schließen sich dem Aufruf des Pfarrers an und senken ihre Köpfe. Ein leises Flüstern halt im Raum wieder, von dem Gebet das sie und alle anderen aufsagen. Maries Augenmerk liegt auf

ihrer Mutter und ihrem Bruder. Sie sitzen nur da, wie die ganze Zeit über auch schon. Kein einziges Mal haben sie sich bewegt. Sie beten nicht einmal mit. Beide sitzen nur da und starren ins Leere.
„Oh Gott, wie kann ich das nur wieder gut machen?!", stöhnt Marie auf und blickt hinauf. „Ich würde alles tun."
Plötzlich ertönt ein lauter Knall. Marie zuckt zusammen vor Schreck. Sie legt sich ihre Hände schützend vor ihr Gesicht. Ihr ganzer Körper zittert bei dem nachhallenden Lärm, das ihr durch Mark und Bein geht. Nachdem der Lärm abgeklungen ist, blickt sie etwas verängstigt wieder hoch. Ihr Augenmerk ist auf den Altar gerichtet, wo auf einmal ein dunkelbrauner Sarg aufgebaut ist. „Was?" Ungläubig tritt sie näher. Ihre zitternde Hand gleitet wachsam und ehrfürchtig über die glatte Oberfläche des wunderschön ausgearbeiteten Holzsargs.
„Hast du Angst?" Aus heiterem Himmel fliegt nun Novellin neben ihr her. Ihre Tonlage ist hart.
Marie atmet schwer ein. „Nein. Ich weiß, wessen Sarg das ist." Ihre Aufmerksamkeit wandert zu ihrer Fee. „Es ist meiner."
Novellins Gesichtszüge wirken kalt und desinteressiert. „Dann kann ich dir ja nichts mehr vormachen." Sie wendet sich von Marie ab und betrachtet den Sarg. Mit einer fließenden Bewegung hebt sie den Deckel des Sargs, wie durch Geisterhand auf.
„Nein....", setzt Marie hysterisch dagegen, der sich die Nackenhaare bei dem Anblick aufstellen. „Lass das. Ich

will mich nicht sehen."
Novellin macht unbeeindruckt weiter. Der Deckel ist gerade mal zur Hälfte offen, doch erkennt man schon, die darin liegende Person. Es ist eine Frau mittleren Alters, mit Spitznase und hellbraunen Haaren, die zu einer Dauerwelle frisiert wurden. Die Frau trägt ein hellblaues Kostüm.
„Muuuum!!!!!", schreit Marie geschockt auf, bei ihrem Anblick. Sie dreht sich zurück zu der ersten Reihe, wo ihre Eltern sitzen. Neben ihrem Vater sitzt ihre Mutter. Blankes Entsetzen packt sie. „Was soll das?!!"
Novellin bleibt gelassen und lächelt leicht. „Sieh genauer hin."
Erneut wagt Marie einen Blick. Auf einmal liegt ein glatzköpfiger Mann darin. Er trägt einen schwarzen Designeranzug.
„Michael!", wieder schreit Marie auf. „Was...?" Sie dreht sich zu ihrem Bruder zurück. Er sitzt immer noch regungslos am selben Platz, wie auch Anita. „Soll das ein schlechter Scherz sein?", brüllt sie in Panik Novellin an.
Die räuspert sich nur. „Sieh genauer hin." Ihr Zeigefinger deutet auf die Kirchenbank.
„Das tue ich doch", mault sie zurück. Wieder sind ihre Augen auf ihre Familie gerichtet. „Ich schaue sie doch...", ihre Stimme bricht weg, als sie bemerkt, dass ihre Mutter und ihr Bruder sich verändern. „Mum? Michael?" Völlig perplex steht sie nur da. Im ersten Moment weiß sie gar nicht, was genau mit ihnen passiert. Maries Augen sind trügerisch

zusammengekniffen. Sie will zu reden ansetzen, als ihr plötzlich klar wird, dass die beiden neben allen anderen immer mehr verblassen. Marie reibt sich ihre Augen, da sie annimmt zu träumen, doch es ist wahr: Ihre Mutter und Michael lösen sich immer mehr auf. Sie dreht sich zu dem dunkelbraunen Sarg zurück. Verschreckt schnappt sie nach Luft. Es stehen plötzlich zwei von denen dort. „Nein!", keucht sie. Ohne wertvolle Sekunden zu verlieren, schnellt sie auf ihre Mutter und dem Bruder zu.

„Mach dich doch nicht lächerlich, Marie. Es ist vorbei", belehrt ihre Fee sie.

„Nein, ist es nicht", setzt Marie dagegen und versucht sie vergebens zu fassen. „Mum, Michael!"

„Du hast es doch kommen sehen. Sie hätten in ihrem Zustand nicht fahren dürfen", redet Novellin seelenruhig weiter.

„Halt deinen Mund!" Immer wieder versucht sie beide zu greifen.

„Auf der Autobahn hat sich ihr Auto überschlagen", redet Novellin unbeirrt weiter.

„Sei still!", donnert Marie und versucht weiter ihre Mutter und Michael zu greifen. „Ich will es nicht hören."

„Anita wurde aus dem Auto geschleudert, während Michaels Airbag nicht aufging. Sie beide erlagen noch am Unfallort ihren schweren Verletzungen", Novellins Stimme wird immer lauter und eindringlicher.

„Nein. Sei ruhig", wütet Marie und fasst abermals durch Mutter und Bruder hindurch. „Mum! Michael!"

„Sie sind tot Marie", stellt Novellin gelangweilt fest. Plötzlich sind beide verschwunden. „Neiiiiiin!", kreischt Marie und sackt über der Lehne zusammen. „Nein, das ist nicht wahr."
„Doch." Novellin lacht lautstark auf. Es ist ein tiefes und eindringliches Lachen. „Sie sind tot und es ist deine Schuld."
Marie verliert vollkommen ihre Fassung und fängt zu weinen an. „Neiiiin, bitte nicht! Muuum!!!!" Sie ist vollkommen verzweifelt und windet sich vor seelischen Schmerzen. Ihre Augen sind auf die leeren Plätze gerichtet, wo zuvor noch beide saßen. „Michael!!" Völlige Verzweiflung macht sich in ihr breit. Der Gedanke den Tod ihrer Familie verschuldet zu haben, ist unerträglich. Es ist wie ein Messerstich, der tief ins Herz geht. So verloren und niedergeschmettert hat sie sich noch nie gefühlt. „Mum, komm zurück. Es tut mir leid", bettelt sie regelrecht.
Plötzlich ertönen mehrere Stimmen. „Es ist deine Schuld." Die Worte hören sich anklagend an. Marie sieht hoch. Alle Augen ihrer Familie sind auf sie gerichtet. „Es ist deine Schuld", sagen sie wie aus einem Mund. Ihre Gesichtszüge sind ausdruckslos, während sie weiter, wie ein Chor, sie beschuldigen.
„Ihr könnt mich sehen?", gibt sie irritiert von sich und späht auf die hinteren Reihen, wo ebenfalls alles sie anstarren und sagen: „Es ist deine Schuld."
Eingeschüchtert geht sie einen Schritt zurück. „Was?"
Die Menge gibt ihr keine Antwort. Sie prangern Marie weiter an. „Es ist deine Schuld."

Marie wischt sich die Tränen aus dem Gesicht. „Nein!"
Die Menge erhebt sich aus den Kirchenbänken. Es ist ein grausiges Szenario, was sich vor Maries Augen abspielt, da die Bewegungen von der Menschenmasse vollkommen synchron wirken. „Es ist deine Schuld."
„Nein. Das habe ich nicht gewollt", versucht sie sich zu verteidigen. „Das war nie meine Absicht."
Keiner nimmt Notiz von ihr. Ihre Augen sind starr auf Marie gerichtet. „Es ist deine Schuld."
„Nein!" Marie hält sich die Ohren zu, um nichts mehr zu hören. Verängstigt geht sie weiter rückwärts. „Ich wollte es nicht."
Der Gang der Menge wirkt langsam und bedrohend. „Es ist deine Schuld." Sie sammeln sich alle um Marie. „Es ist deine Schuld. Es ist deine Schuld. Es ist deine Schuld."
„Hört doch bitte auf!" Marie wendet sich Hilfe suchend an Novellin, die nur noch schwer zu erkennen ist, durch all die Leute um sie herum. „Bitte Elli, sie sollen aufhören."
„Ach Marie, wie gern würde ich dir helfen." Ein teuflisches Grinsen macht sich auf ihrem Gesicht bemerkbar. „Aber wir sind noch nicht fertig."
Im selben Moment packt ein fremder Mann, der vor Marie steht, sie an ihrer Schulter. Seine Augen bohren sich in ihre. Sie scheinen dem Wahnsinn verfallen zu sein. Völlig starr vor Schreck, sieht Marie ihm in seine schwarzen Pupillen. Sie wirken leer und vollkommen tot. Angst und Entsetzen breiten sich in Marie aus, die sie völlig bewegungslos machen.

„Deine Schuld", keift der Mann und gibt ihr einen festen Ruck, der sie rückwärts fallen lässt. Es dauert nur eine Sekunde, bis sie aufprallt. Völlig verwirrt blickt sie um sich. Sie liegt auf etwas weiß Gepolsterten. „Oh mein Gott!", stöhnt sie auf, als sie die Holzumrandung erkennt. Panisch blickt sie hoch. Die trauernde Menge ist um sie herum versammelt. Sie stehen weiter entfernt, als Marie geglaubt hat, und fixieren sie wie Geier, die ihrer Beute auflauern. Es dauert ein paar Sekunden bis Marie feststellt, samt Sarg in einem tiefen Erdloch zu liegen. „Nein!!!", schreit sie auf, doch keiner nimmt Notiz von ihr. „Elli!!" Marie will sich aufbäumen, um aus dem Sarg zu klettern, als der Deckel davon zufällt. Es wird stockdunkel um sie herum. „Hilf mir, bitte!!" Es ist so finster, dass Marie nicht einmal die Hand vor Augen sehen kann.
Stille breitet sich um sie aus. Es ist nur noch Maries panisches Keuchen zu hören. Mit beiden Händen fasst sie vor sich. Ohne etwas sehen zu können, weiß sie, dass die weichen Polster zu ihrem Sargdeckel gehören. Ein dumpfes Geräusch erklingt. Verschreckt weichen ihre Hände zurück. Wieder fällt etwas auf die Oberfläche des hölzernen Sargdeckels. Ihre Atmung setzt aus. Erneut fällt etwas auf sie. Panisch erstarrt Marie. Was hat das nur zu bedeuten? Wieder ist da dieses Geräusch. Auf einmal dämmert es ihr, was der dumpfe Klang zu bedeuten hat: Sie wird bei lebendigem Leib begraben.
„Nein! Holt mich hier raus!!!", brüllt Marie verzweifelt und hämmert gegen die weichen Polster ihres Sargs. „Nein!!!! Hört auf ich lebe noch!!!!!" Das Geräusch

verebbt nicht. Weitere dumpfe Aufpralle von Erde treffen sie. Marie versucht mit aller Kraft den Sargdeckel anzuheben, jedoch zwecklos. Sie steckt in der Falle. „Hilfe! Hört mich denn niemand?" In ihrer aussichtslosen Lage wird ihre Stimme zu einem schmerzlichen Schrei. „Es tut mir leid, Elli. Ich wollte das alles nicht. Ich will die Tabletten nicht nehmen. Claudia soll mich nicht finden. Daniel soll nicht um mich trauern. Ich will nicht, dass meine Familie leidet. Mum und Michael sollen nicht sterben. Es war eine Dummheit von mir die Medikamente zu nehmen. Ich will mein Leben ändern. Ich will zu meiner Familie. Es war töricht zu glauben, dass die Arbeit alles ist was mich ausmacht. Es gibt Mum, Dad, Jennifer, Michael, Daniel und soviele Menschen, denen ich etwas bedeute und sie bedeuten mir auch etwas. Ich will alles wieder gut machen. Gib mir bitte noch eine Chance. Es geht mir nicht um das Leid, was ich anderen zugefügt habe. Es geht um mich. Es ist mein Leben. Ich will hier raus." Sie hämmert wie verrückt weiter gegen die Polster des Deckels. „Lass mich raus, Elli!!!! Ich bin einsichtig geworden. Ich will mich ändern. Die Reise war nicht umsonst. Ich will mich bessern. Es geht um mich und mein Leben." Immer mehr fehlt ihr die Luft zum Atmen. „ELLI ICH WILL LEBEN!!!!!!!" Plötzlich schnürt ihr etwas die Kehle zu.

Kapitel 10

Maries zitternde Hände liegen um ihren Hals, um alles, was ihr die Kehle zuschnüren will, zu stoppen. Wenn sie schon sterben muss, dann will sie sich mit all der ihr verbleibenden Kraft wehren. Freiwillig gibt sie nicht auf, dafür ist ihr Leben zu kostbar. Sie keucht wie verrückt aus Angst zu ersticken. Das Geräusch der herabfallenden Erde ist verstummt. Nur noch beklemmende Stille ist um sie herum. In ihrer Not, versucht sie sich gute Gedanken zu machen, doch das Wissen lebendig begraben zu sein, hindert sie daran. Verzweifelt kann sie nur noch an das qualvolle Ersticken denken. Wie lange wird es noch dauern, bis ihr der Sauerstoff im Sarg ausgeht? „Es ist mir egal. Von mir aus dauert es noch Stunden. Freiwillig bekommt ihr mich nicht. Freiwillig werde ich nicht sterben", meldet sich nun ihr Überlebensinstinkt zu Wort. Maries Herz pocht wie verrückt und lautstark, während ihr Blut mit hundertachtzig Sachen durch ihren Körper fließt. Es beunruhigt sie jedoch kein Stück, denn ein schlagendes Herz ist ein Zeichen, dass sie noch lebt. Maries Augenmerk richtet sich gegen den Sargdeckel. Ihr Blick ist starr und entschlossen. „Habt ihr gehört? Ihr könnt mich mal. Ihr müsst mich schon zwingen. Von selbst werde ich nicht klein beigeben", donnert sie in dem Glauben irgendjemanden damit in die Schranken weißen zu können.

Sie schließt ihre Augen und wiederholt ihren

Standpunkt. „Ihr müsst mich schon zwingen." Ihre Stimme ist nur ein Flüstern, so als ob sie sich selbst überzeugen will, es ernst zu meinen. „Ich werde…" Ein Zwitschern reißt Marie aus ihrer Kampfansage. Im ersten Moment ist sie vollkommen perplex. Regungslos liegt sie da und lauscht. Wieder ist da ein Geräusch von einem Vogel. Sie öffnet ihre Augen und blickt wirr um sich. Es ist düster um sie herum. Für den Augenblick glaubt sie nichts zu erkennen, bis sich ihre Augen immer mehr an die Nacht gewöhnt haben. Es ist zwar dunkel, aber nicht so finster wie in ihrem geschlossenen Sarg. Umrisse machen sich plötzlich bemerkbar. Mit einer Hand lässt sie von ihrem Hals ab und fasst behutsam vor sich. Die Wände des Sargs sind verschwunden. Ungläubig bleibt sie liegen. „Was hat das zu bedeuten?" Auch ihre zweite Hand lässt nun von ihrem Hals ab. Sie greift vor sich. Die Polster sind nicht mehr zu spüren. Wieder ist ein Vogel zu hören. Unsicher und sichtlich angespannt atmet sie ein. Ihre Ohren lauschen mehr denn je, den bekannten Geräuschen der Nacht, die sich nach Stadtlärm anhören. Die Angst weicht langsam aus ihren Gliedern. Sie stützt sich auf der weichen Lage unter ihr ab und kommt hoch. Etwas angespannt gleiten ihre Finger über das flauschige Etwas, auf dem sie sitzt. „Wo bin ich?" Plötzlich nimmt etwas anderes Maries Aufmerksamkeit ein. Es ist ein Lichtstrahl, der seitlich zu kommen scheint. Ihre Augen wandern neugierig nach links. Eine Gestalt ist zu erkennen, die hin und her läuft. Marie lehnt sich vor und kneift ihre Augen zu Schlitzen zusammen, um schärfer sehen zu können. Die Umrisse eines Fensters tun sich auf und darin ist ein älterer, stämmiger Mann im Schlafanzug, der sich allem Anschein nach, gerade etwas aus dem Schrank holen will, zu erkennen. Erleichterung überkommt sie urplötzlich, bei der Feststellung, dass der Mann und die Szenerie, die sich vor ihr abspielt, wohl bekannt sind. Der Mann heißt Heinrich und bezieht eine Wohnung im Nachbarhaus ihr gegenüber in Berlin. Heinrich ist Frühaufsteher und pünktlich wie ein Uhrwerk, immer ab fünf Uhr wach. Die Lichtquelle aus seiner Wohnung bricht täglich in den frühen Morgenstunden, in Maries Schlafzimmer. Plötzlich wird Marie klar, wo sie sich befindet. „Ich bin wieder hier! Ich bin wieder in meiner Wohnung!" Sie klopft gegen die weiche Unterlage. „Ich bin wieder in meinem Bett." Für einen kurzen Augenblick stockt ihr der Atem. Ein unbeschreibliches Glücksgefühl überkommt sie und Erleichterung macht sich in ihr breit. Diese Empfindungen überrollen sie, wie eine unaufhaltbare Lawine. Einem inneren Drang heraus stellt sie sich kerzengerade in ihrem Bett auf. „Ich fasse es nicht." Marie schüttelt ungläubig ihren Kopf. „Ich kann nicht glauben was ich jetzt tun will." Im selben Moment fängt sie auf ihrem Bett wie eine Fünfjährige zu hüpfen an. „Oh mein Gott!" Marie muss über sich selbst schmunzeln. „Ich bin wieder zurück!" So ausgelassen und sorglos hat sie sich schon lange nicht mehr gefühlt. Es ist eine lange Zeit her, dass sie ihre Freude auf so kindische Art und Weiße ausgetobt hat. Die Federn der Matratze erwidern jeden neuen

Sprung. „Ich lebe!", ruft sie gutgelaunt. In diesem Augenblick ist es ihr egal, ob sie die Nachbarn weckt. Freudig klatscht sie in ihre Hände und versucht höher zu hüpfen. „Ich weiß gar nicht, wie ich dir danken soll, Elli!?" Maries Gedankengang schlägt ein wie eine Bombe. „Wo ist Elli?" Sie lässt von den Sprüngen ab und hüpft aus dem Bett. „Elli?", ruft sie heiter nach ihrer Fee. Ohne das Licht einzuschalten, geht sie mit kleinen Schritten und wachsamen Blick aus dem Zimmer. „Elli, wo bist du?" Marie will nach dem Lichtschalter in der Küche fassen, als ein kühler Luftzug sie im Nacken trifft. Hastig dreht sie sich um die eigene Achse und geht zielorientiert ins Wohnzimmer. Ihr Augenmerk fällt auf die offenstehende Balkontür davon. Ein leises Summen ist zu hören. „Hallo? Elli?"
„Wer soll es denn sonst sein?"
Marie schiebt sich zwischen Tür und Angel hindurch und kommt auf den Balkon hinaus. Ihre Augen fallen auf die wunderschöne Aussicht vor ihr. Es ist kühl und die Morgendämmerung läutet den Tag ein. „WOW!" Obwohl nur Hochhäuser und Straßen zu erkennen sind, ist die Aussicht überwältigend. Für Marie wirkt es so, als ob sie zum ersten Mal diese Aussicht erblickt. „Wahnsinn!"
Jemand räuspert sich neben ihr. Auf dem Geländer sitzt Novellin, die ihre Füße freudig hin und her baumeln lässt. „Guten Morgen, Marie!" Sie grinst.
„Elli!" Ihr fällt ein Stein vom Herzen. „Gott sei Dank. Du bist noch da."
„Warum auch nicht?", scherzt sie. „Wie geht es dir?"

Marie atmet erleichtert ein. Die süße Morgenluft ist unbeschreiblich. „Es geht mir besser denn je."
„Freut mich zu hören." Sie lässt von dem Geländer ab. „Die Reise war also ein voller Erfolg."
„Oh ja, das war sie", bestätigt Marie. „Ich habe mich schon lange nicht mehr so gut gefühlt. Ich könnte gerade die ganze Welt umarmen."
„Gut?" Novellin blickt irritiert drein. „Du meinst wohl eher toll. Zumindest hab ich dich seit deinem elften Geburtstag, nicht mehr auf dem Bett springen sehen. Im Übrigen, habe ich dich schon lange, nicht mehr so sorgenfrei lachen hören."
„Ich weiß." Marie versucht sich ihr Grinsen zu verkneifen, ohne Erfolg. „Wenn es so weiter geht, muss man mir früher oder später mein Lächeln aus dem Gesicht schlagen."
„Keiner wird das tun wollen", hält Novellin dagegen. „Dafür steht es dir einfach zu gut."
Marie wendet sich von ihrer Fee ab und betrachtet den Horizont, der immer heller wird. „Komisch, wie man die Dinge auf einmal ganz anders wahrnimmt."
„Wie meinst du das?" Novellin kommt neben sie.
„Naja…" Maries Hand deutet zum Himmel hinauf. „Es wirkt auf einmal alles ganz anders auf mich. Der Nachthimmel, der plötzlich hell wird zum Beispiel. Früher…" Ihre Stirn liegt in Falten. „Also gestern habe ich dem nicht viel Interesse entgegengebracht. Warum auch? Es hat mich nicht sonderlich interessiert." Sie zuckt mit ihren Schultern, während ihre Gesichtszüge gleichgültig gestimmt sind, um ihre Ansicht besser

auszudrücken. „Aber heute? Heute…..hmm…?"
„Ja?" Novellin wartet gespannt auf ihre Antwort.
Marie legt ihren Kopf grüblerisch schief. „Wie soll ich es am besten ausdrücken?"
„Na sag schon", weißt sie Novellin ungeduldig an.
„Ich will nur das richtige Wort finden." Plötzlich schnippt sie mit ihren Fingern. „Magisch. Genau das ist es. Es hat auf einmal etwas Magisches an sich."
„Das ist das perfekte Wort dafür. Da muss ich dir wirklich recht geben." Ein Schatten streift Novellins Gesicht. „Es ist nur traurig, dass man so etwas Wundervolles meist erst dann erkennt, wenn es zu spät ist. Die klassische Was-Wäre-Wenn-Situation. Was wäre passiert, wenn ich anders gelebt hätte, andere Entscheidungen getroffen hätte? Wäre ich erfolgreicher oder glücklicher gewesen, wenn ich eine andere Chance genutzt hätte? Wenn man an einem Wendepunkt angelangt ist, dann nimmt man auch andere, alltägliche Dinge wahr." Ihre Augen wandern zum Horizont hinauf. „Und dann kann ein schlichtes Morgengrauen plötzlich spektakulär sein."
Marie folgt ihrem Blick. „Ein wahres Wort."
„Tut mir leid, wenn ich dir am Ende so zugesetzt habe", entschuldigt sich plötzlich Novellin aus heiterem Himmel. „Aber es musste sein."
Marie lässt von der grauen Wolkendecke ab. „Du musst dich nicht entschuldigen. Du hast richtig gehandelt. Die ganze Reise über, habe ich nur an die anderen in meinem Leben gedacht. Ich habe daran gedacht, welchen Schmerz ich ihnen zugefügt habe, dabei ging es

doch eigentlich um mich. Ich sollte erkennen, wie wichtig ich für sie alle bin und wie wichtig es ist, mein Leben zu leben." Sie geht auf ihre Fee zu und umarmt sie. „Danke, Elli."

Novellin erwidert ihre Umarmung. „Ich habe dir zu danken. Jetzt ist alles vorbei." Sie lässt von Marie ab. „Und vergiss niemals diese Reise!"

„Das werde ich nicht!", schwört Marie ihr. Ein flaues Gefühl kommt in ihr hoch. „Du wirst jetzt gehen, oder?" Ihre Fee nickt. „Ja. Meine Arbeit ist getan." Maries Augen sind zu Boden gerichtet. Sie bringt keinen Ton über ihre Lippen. „Was ist los?" Novellin legt ihre Hand auf die Schulter von Marie. „Was hast du?"

„Ich werde dich nie wieder sehen, oder", ein Flehen liegt in ihren Worten. Marie muss sich eingestehen, dass ein Abschied für immer fürchterlich wäre.

„Nein, du wirst mich nie wieder sehen", bestärkt sie Novellin in ihrem Glauben. „Aber das musst du auch nicht. Ich bin immer bei dir."

Verwundert runzelt Marie ihre Stirn. „Wie meinst du das?"

Novellin lächelt milde. „Ich bin deine gute Fee, weißt du nicht mehr? Ich bin dein Schutzengel und immer bei dir. Das darfst du nie vergessen. Wo du bist, bin auch ich." Obwohl Novellins Aussage nur ein schwacher Trost ist, ruft Marie sich die Dinge in den Kopf, die sie durch die Reise gelernt hat: Sehen allein reicht nicht aus, man muss auch Glauben.

Diese Einsicht lässt Marie die Aussage von Novellin leichter ertragen. „Ich werde dich nie vergessen!"

„Gut zu wissen." Novellin strahlt über ihr ganzes Gesicht. Ihr Augenmerk wandert hinter Marie. „Schade, dass du keinen Weihnachtsbaum hast. Es ist der Morgen des Heiligabends und du stehst ohne einen da."
„Ich brauche keinen." Marie blickt durch die Balkontür in ihr Wohnzimmer. „Wäre auch unnütz."
„Warum denn das?"
„Weil ich Heiligabend nicht hier sein werde", gibt sie sich selbstsicher.
„Wo bist du?" Novellins wirkt verwirrt.
„Da wo ich hingehöre: Zuhause." Sie schaut dem Morgengrauen entgegen. „Ich sollte mich beeilen."
„Du hast doch noch genug Zeit nach Hause zu fahren. Überstürz nichts in deinem Übermut", belehrt Elli sie. „Du kannst auch erst gegen Mittag fahren."
„Ich weiß aber zuvor muss ich noch wo anders hin."
„Wohin denn?", stellt ihre Fee rhetorisch.
Ein missbilligender Blick von Marie trifft sie. „Als ob du das nicht wüsstest."
„Keine Ahnung, wovon du redest." Novellin beißt sich auf die Zunge, um nicht lachen zu müssen. „Oh." Sie packt Marie am Handgelenk. „Die Zeit drängt. Ich muss gehen."
„Hast du es so eilig?" Sie umarmt Novellin erneut. „Wo willst du denn jetzt hin?"
„Ich habe keine Zeit für Erklärungen, aber ja, ich muss los." Novellin drückt sie fest an sich.
Marie vergräbt ihr Gesicht in dem Nacken ihrer Fee. „Danke für alles. Du wirst mir fehlen."
„Gern geschehen. Du mir auch." Unter Maries

Umarmung verblasst Novellin. „Pass gut auf dich auf."
„Das werde ich", schwört sie und weg ist ihre Fee.
Marie öffnet ihre Arme und blickt auf den leeren Fleck, wo sie gerade noch Novellin fest umschlossen hielt. „Ich werde dich nie vergessen, Elli!"

Kapitel 11

Mit großem Tatendrang macht sich Marie auf in ihre Wohnung. Eilig holt sie einen Koffer unter ihrem Bett hervor und sucht Sachen aus ihrem Kleiderschrank, die sie sauber darin verstaut. Ihr Blick fällt auf die Medikamentendose auf ihrem Nachtschränkchen. Selbstsicher nimmt sie die Packung und geht damit geradewegs in ihr Bad. Mit einem Ruck schüttet sie die kompletten Pillen aus der Dose in die Toilette und spült sie mehrfach hinunter. „Was für eine bescheuerte Idee von mir." Sie muss über sich selbst lachen.
Nachdem Marie geduscht hat, macht sie sich auf in die Küche. Sie fasst nach dem Abschiedsbrief für Claudia und reißt ihn in kleine Fetzen. „Den werde ich wohl nicht mehr brauchen." Sie wirft die klein gerissenen Stücke in den Müllbehälter unter der Spülmaschine. Ihr Augenmerk ist auf die Plätzchen gerichtet. Sie liegen immer noch am selben Platz wie gestern. Kein einziges hat sie gegessen, da ihr Vorhaben ihren Appetit verdorben hat. Heute kann sie darüber nur schmunzeln. Marie nimmt den Teller zur Hand und schiebt die Alufolie etwas zur Seite. Ohne auf die Plätzchensorten zu achten, greift sie nach der erst Besten, die ihr zwischen die Finger kommt. Es handelt sich um ein Spritzgebäck. Bevor Marie es sich in den Mund schiebt, riecht sie daran. Ein schmackhafter Duft steigt ihr in die Nase. „Lecker, Mandeln und Ingwer." Mit einem Happen verschlingt sie das Plätzchen. „Oh! Es ist

Orange", stellt sie fest, während sie den Teller wieder in Alufolie verpackt und ihn in ihrem Koffer sorgsam verstaut.

Es wird Tag draußen, als sie fertig zum Gehen ist. Schwerbepackt wandert sie die Treppe hinunter zu ihrem Wagen. Nach ihrem dritten und letzten Gang kommt Marie ihre Nachbarin entgegen. „Guten Morgen, Antonia! Frohe Weihnachten."

„Marie?!" Sie wirkt irritiert. „Wieder munter?"

Maries Stirn liegt in Falten. „Wie darf ich denn das verstehen?"

„Naja, gestern machtest du keinen guten Eindruck auf mich", wählt Antonia ihre Worte mit Bedacht. „Ich war richtig in Sorge um dich und wollte später noch einmal nach dir sehen. Da warst du aber nicht da."

Marie weiß sofort Bescheid. Nachdem sie sich stundenlang gestern in Selbstmitleid gewälzt hat, ist sie am Fußboden eingeschlafen. Nach einigen Stunden ist sie erst aufgewacht und da hat es an ihrer Tür geläutet. Jedoch war sie zu deprimiert und verzweifelt um ihre Wohnungstür zu öffnen. „Wirklich?" Sie gibt sich ahnungslos. „Hab ich gar nicht mitbekommen."

„Ist wieder alles in Ordnung?", fragt Antonia nach und zieht sich ihre blaue Wollmütze vom Kopf. „Ich meine wegen gestern."

„Ach, gestern." Marie verdreht ihre Augen. „Gestern ist vergangen, heute ist heute."

„Das ist schön zu hören." Mit ihrem Zeigefinger deutet Antonia auf die Tasche von Marie. „Ich vermute Mal, du bist auf dem Weg zur Arbeit?"

„Da täuscht dich deine Vermutung. Ich fahre heute nach Hause." Sie grinst über beide Ohren.
„Wie bitte?" Ungläubigkeit macht sich auf Antonias Gesicht breit. „Was ist mit dem Jahresrückblick?"
„Der fällt aus. Unsere Zeitschrift macht dicht", Maries Stimme wirkt sorglos. „Wir haben eine zu geringe Auflage."
„Oh, das tut mir leid." Antonia reibt mitfühlend an Maries Schulter.
„Muss es nicht", hält die dagegen. „Es geht mir gut. Global-Welt-Geschehen ist nicht die einzige Zeitschrift in Berlin. Es gibt zu viel Auswahl, um Trübsal deswegen zu blasen."
„Ach so?!", entgegnet Antonia nur.
Marie kann die Verwunderung ihrer Nachbarin nur zu gut verstehen. Gestern als sie die Nachricht erfahren hat, war es wie ein Weltuntergang für sie, doch heute? Heute kann sie nur noch darüber lachen. „Es ist eine neue Herausforderung. Genau das, was ich brauche."
„Hast du schon eine bestimmte Redaktion im Sinn, die du erobern willst?" Antonia verstaut ihre Wollmütze in einer der Taschen ihres grünen Mantels.
„Nein noch nicht, aber ich habe ja auch noch etwas Zeit. Jetzt steht erst einmal der Besuch bei meiner Familie an. Da wir gerade davon reden..." Marie blickt auf ihre Armbanduhr. „Oh, ich bin spät dran. Sorry Antonia, ich muss los." Einem inneren Instinkt folgend, umarmt sie ihre Nachbarin. „Nochmal frohe Weihnachten dir und Mario."
„Ähm...danke?", Antonia ist völlig perplex. „Wünsch

ich dir und deiner Familie auch." Sie lassen beide voneinander ab. „Pass auf dich auf, Marie." Freundschaftlich tätschelt Antonia ihr die Schulter.
„Keine Sorge, das werde ich." Marie geht an ihrer Nachbarin vorbei und eilt die Stufen des Treppenhauses hinunter. Nachdem sie alles in ihrem Wagen verstaut hat, sperrt sie die Tür davon ab. Für einen kurzen Moment denkt sie darüber nach, mit dem Auto zu fahren, doch verwirft sie den Gedanken sofort. Heute ist der 24 Dezember. Alle Geschäfte haben bis Mittag offen, das heißt: Die Straßen werden überladen sein mit Autos und in der Innenstadt herrscht gewiss schon Stau. Ihr Blick gilt der Ferne. Es ist ein kühler Morgen und die ersten Sonnenstrahlen fallen schon auf die Hochhäuser.
„Es ist besser zu gehen." Marie vergräbt ihre Hände in den Manteltaschen und eilt los. Während sie ihrem Ziel entgegengeht, beobachtet sie die Menschen um sich herum.
Ein langhaariger Mann kommt ihr entgegen, der mit aller Macht seinen Sohn hinterherzieht. „Stell dich nicht so an Stefan, meine Laune ist eh schon im Keller", schimpft er ihn.
Sein Blick streift Maries ihren. Sie wendet sich ab von ihm und gibt sich uninteressiert.
Während der Mann weiter seinen Sohn belehrt, fällt Maries Aufmerksamkeit auf eine Frau neben ihr.
Die Blondine im weißen Pelzmantel trägt eine Sonnenbrille und quasselt angesträngt am Telefon.
„Woher soll ich denn das wissen? Ich habe ihm gesagt: Ich will nach Kroatien. Sollte er mit London kommen,

werde ich mich von ihm trennen."
Wie bitte? Diese Aussage irritiert Marie. Verstohlen blickt sie immer wieder zu der Frau hinüber. Ihre lackierten Fingernägel, die Art wie sie spricht, die Sonnenbrille auf der Nase, obwohl sie noch nicht einmal blendet und ihr wichtigtuerisches Gehabe lässt nur eine Schlussfolgerung zu: Der Kerl kann sich glücklich schätzen, wenn sie ihm den Laufpass gibt.
Mit spitzen Ohren lauscht sie weiter dem Gespräch. Die Blondine lästert gerade über ihren tollpatschigen Freund.
„Oh, Mann", stöhnt Marie leise auf. Ihre Aufmerksamkeit ist auf den Boden gerichtet, als sie ein Mann anrempelt.
„Entschuldigung." Der grauhaarige Mann nickt kurz und zieht hastig weiter.
Marie winkt beschwichtigend ab. „Kein Problem..." Sie verstummt. Als ob der Kerl sie noch hören würde.
Plötzlich nimmt etwas anderes Maries Aufmerksamkeit ein. Etwas Weißes fällt vom Himmel. Sie schaut hinauf. Obwohl es nicht zum ersten Mal schneit, hat es genau diese Wirkung auf Marie. Erst die Morgendämmerung und jetzt der Schneefall, beides wirkt wie pure Magie. Es ist ein unbeschreibliches Gefühl es zu sehen und mitzuerleben und das alles, verdankt sie nur Novellin. Dank ihrem Einsatz, weiß Marie solche Dinge mehr denn je zu schätzen. Sie holt eine Hand aus ihrer Tasche und streckt sie aus. Eine Flocke fällt darauf und verschwindet sofort. „WOW!"
„Das ist doch nur Schnee", mault eine Männerstimme.

Maries Augenmerk wandert neben sie, wo ein alter Mann finster drein schaut. „Es ist nichts Besonderes daran."
„Doch ist es", hält sie dagegen. Sie versucht erneut eine zu fangen.
Der Mann räuspert sich abfällig und stampft davon.
„Wenn er morgen meterhoch liegt, wird dir dein WOW vergehen."
Über so ein Verhalten kann Marie nur ihren Kopf schütteln. Kurz wirft sie einen Blick auf die Uhr. „Oh! Jetzt aber los, bevor ich sie noch verpasse."
Nach zwei Querstraßen und einer kurzen Fahrt in einer vollgestopften Straßenbahn kommt Marie vor einem fünfstöckigen, weißen Reihenhaus mit blauen Balkonbrettern zum Stehen. Eiligen Schrittes geht sie die vier Stufen zur Eingangstür hinauf. An der linken Seite sind die Klingeln angebracht. Mit dem Zeigefinger sucht sie nach einem bestimmten Namen. „Da ist sie ja."
Sie drückt darauf. Geduldig wartet sie vor dem Lautsprecher, doch nichts. Sie klingelt erneut. Wieder keine Reaktion. Im selben Moment geht die Eingangstür auf und ein Junge mit Skateboard kommt heraus. Er nickt Marie zu. „Hey!"
„Hey!", erwidert sie und fasst nach der Tür, damit sie nicht ins Schloss fällt. Sie schiebt sich an ihm vorbei ins Haus. Da Marie nicht zum ersten Mal hier ist, weiß sie genau, wo es lang geht. Sie erklimmt eine Stufe nach der anderen, bis sie im dritten Stock angekommen ist.
Sie geht links weg, bis zur ersten Tür auf der rechten Seite. Sie klopft vorsichtig gegen die Tür. Es ist nichts zu

hören. „Sie wird doch nicht schon auf dem Weg zu mir sein." Marie schaut auf ihre Uhr. Es ist acht vorbei. Marie will nach weiterem erfolglosen Klopfen zum weggehen ansetzen, als sich plötzlich die Tür vor ihr entriegelt. Gebannt wartet sie darauf, dass die Tür aufgeht. Claudia steht im Bademantel und Kaninchenhausschuhen vor ihr. Sie sieht aus, als ob sie gerade aus dem Bett gefallen wäre. Ihre Augen weiten sich ungläubig. „Marie? Was tust du denn hier?"
„Habe ich dich etwa geweckt?" Sie beißt sich auf die Unterlippe. „Wenn ja, dann tut es mir leid."
„Ähm...kein Problem...", Claudia ist vollkommen irritiert. „Was machst du denn hier? Ist was passiert?"
„Nein. Es ist alles in bester Ordnung." Marie gibt sich nichts ahnend. Sie weiß, dass es für Claudia eine Überraschung ist, sie hier anzutreffen, wo sie doch um diese Zeit schon auf der Arbeit ist. „Da wir uns erst nach den Feiertagen wieder sehen werden, wollte dir nur dein Weihnachtsgeschenk vorbeibringen." Marie fasst in ihre Tasche und holt einen Briefumschlag hervor. „Hier." Sie reicht ihn ihr. „Ein kleines Dankeschön für deine tolle Arbeit. Frohe Weihnachten." Claudia nimmt ihn ihr ab und öffnet das Kuvert. Ihr Gesichtsausdruck spricht Bänder. „Oh...mein...wow...." Sie blickt zu Marie. „Das wäre doch nicht nötig gewesen."
„Doch ist es", hält Marie dagegen. „Es ist nur eine kleine Geste. Nichts im Vergleich zu dem, was du für mich tust."
„Was tue ich denn?", will Claudia wissen.

„Na, du weißt schon." Die richtigen Worte wollen ihr einfach nicht in den Sinn kommen.
„Redest du gerade vom Putzen deiner Wohnung?", fragt Claudia nach.
„Nein." Marie grinst, während sie versucht ihr Anliegen in Worte zu fassen. „Ich rede davon, wie du bist und wie du dich immer bemühst. Du gibst so viel und erwartest so wenig. Du bist ein toller Mensch, dem ich nur das Beste wünsche." Sie räuspert sich. „Was ich damit sagen will, ist, ich bin froh dich als Freundin zu haben und es ist Weihnachten, die beste Zeit um solche Sachen zu klären."
Claudia grinst über beide Ohren. „Mir geht es genauso mit dir." Sie hält den Briefumschlag hoch. „Danke."
„Gern geschehen." Marie erwidert ihr Lächeln.
Plötzlich umarmt Claudia sie. „Ich bin so froh um dich", flüstert sie in Maries Ohr.
„Lieb von dir." Dieser Satz ist Balsam für ihre Seele.
„Aber Moment." Claudia weicht zurück. „Was meinst du mit: Wir sehen uns erst nach den Feiertagen wieder?"
„Es bedeutet, dass ich nicht hier sein werde. Ich fahre nach Hause."
„Nach Bayern?" Claudias Stimme überschlägt sich vor Ungläubigkeit. „Wann?"
„So bald wie möglich." Marie blickt abermals auf ihre Armbanduhr. „Also vor Mittag noch. Sonst verbringe ich den Heiligabend auf der Autobahn."
Diese Antwort verwirrt sie. „Was ist mit deiner Arbeit? Du stellst doch den Jahresrückblick zusammen."

Marie grinst. „Nicht mehr."
„Warum denn das?", Claudia wirkt geschockt.
„Ist eine längere Geschichte. Ich erkläre dir alles, wenn ich wieder da bin." Ihr Blick wandert erneut zur Uhr. „Mir wird die Zeit nur zu knapp. Was hältst du davon, wenn wir uns nach den Festtagen auf einen Kaffee bei mir treffen? Du kannst deinen Mann und eure Tochter mitbringen. Ich habe Klaus und Andrea schon ewig nicht mehr gesehen."
„Klar. Wir kommen gerne." Sie dreht sich in ihren Wohnungsflur zurück. „Willst du nicht auf eine schnelle Tasse hereinkommen?"
„Danke, aber ich meine es ernst. Mir läuft die Zeit heute regelrecht davon. Tut mir leid, aber nach den Feiertagen bestimmt."
„Ok." Claudia nickt.
„Gut." Wieder gilt ihr Blick der Armbanduhr. „Ich muss jetzt los. Entschuldige nochmal, falls ich dich geweckt habe."
„Kein Problem." Claudia winkt uninteressiert ab. „Viel Spaß bei deinen Eltern und frohe Weihnachten."
„Dir auch und danke für die Plätzchen. Sie waren köstlich." Marie macht sich auf den Weg den Flur entlang.
„Freut mich." Claudia winkt ihr nach. „Ruf mich an."
Sekunden später, fällt die Tür ins Schloss.
Marie hastet die Treppe hinunter. Für einen kurzen Moment denkt sie an ihr nächstes Ziel. Wie wird Daniel wohl reagieren, mich zu sehen? Wird er glücklich oder genervt darüber sein? Sie denkt an den Besuch mit

Novellin bei seinen Eltern. Wie er und sein Bruder mit der Cousine einen Spaziergang machten. Ihr Gerede handelte davon, dass Daniel schon mehrere Jahre vergeblich verliebt in sie sei. Seine Einsicht darüber, dass er sie loslassen sollte, kommt ihr in den Sinn. Was ist, wenn er mich gar nicht sehen will? Wenn er mir die Tür vor der Nase zuschlägt? Eine weitere Erinnerung kommt in ihr hoch. Sie sieht Daniel vollkommen aufgelöst auf dem Stuhl im Konferenzraum sitzen. Er war mehr, als nur unglücklich über ihren Tod und wütend, weil es Selbstmord war. Niemand reagiert so, wenn ihm der Mensch nichts bedeutet. „Es ist noch nicht zu spät für uns", murmelt Marie vor sich und tritt hinaus ins Freie. Hastig eilt sie die Stufen der Treppe hinunter. Für einen kurzen Moment wägt sie ihre Auswahlmöglichkeiten ab. Zum Auto zurückgehen und nach Hause zu ihrer Familie fahren oder Daniel besuchen? Ersteres wäre ihr lieber, muss sie sich selbst eingestehen. Trotz des Wissens, wie Daniel zu ihr steht, ist sie sich unsicher. Es ist unerforschtes Gebiet, gar Neuland für sie. Die letzten Jahre hat sie sich zunehmend von der Außenwelt abgeschottet. Sie hatte, abgesehen von ihren Arbeitskollegen, keine Freunde, von Dates ganz zu schweigen und jetzt soll sie einen ihr fast fremden Mann besuchen. Es ist nicht einmal einen Tag her, da hat sie Daniel kaum Beachtung geschenkt und jetzt bekommt sie ihn nicht mehr aus ihrem Kopf. Du wirst keine Ruhe finden, wenn du jetzt kneifst, meldet sich nun ein anderer Gedankengang zu Wort. Du wirst bei deiner Familie sein und die ganze Zeit über dir selber die Frage stellen: Was wäre wenn ich zu ihn besucht hätte?

Marie packt ihren ganzen Mut zusammen und macht sich auf den Weg zur Straßenbahn. Obwohl sie überfüllt ist von Menschenmassen und man kaum Luft zum Atmen hat, geht es Marie gut. Heute kann nichts ihre Stimmung trügen. Nach zwei Stopps und weiteren zugestiegenen Fahrgästen hat Marie nun ihr Ziel erreicht. Sie zwängt sich durch die Menge und steigt aus der Straßenbahn.

Wachsam mustert sie die Umgebung. Ein kleines Eckbistro fällt ihr ins Auge. „Okay, ich bin richtig." Ihre hohen Schuhe hallen lautstark auf den Pflastersteinen wieder. Trotz schnellen Schrittes dauert es eine knappe halbe Stunde, bis sie vor einem neu gebauten, in gelb gestrichenem, dreistöckigem Haus ankommt. Ein älterer Mann mit dicker Weste und grauer Wollmütze fegt gerade den Weg zur Eingangstür, die offen steht. Marie geht zielstrebig auf sie zu.

Der Mann sieht hoch, als er sie bemerkt. „Guten Morgen, schöne Frau!", seine Stimme ist freundlich.

„Guten Morgen, der Herr!", stimmt sie mit ein und lächelt ihn an.

Für einen kurzen Moment hält sie inne. Plötzlich macht sich Unsicherheit in ihr breit. Es ist Monate her, dass sie hier war. Daniel hatte sie und alle anderen aus der Abteilung zu seinem Geburtstag eingeladen. Ihr Besuch war nur kurz und sie war mit dem Taxi unterwegs. „Wohnt Daniel Müller hier?"

Der Mann nickt. „Oberste Etage links." Er deutet mit

seinem Zeigefinger hinauf.

„Vielen Dank und frohe Weihnachten." Marie lächelt nochmal kurz und macht sich auf den Weg.

„Ihnen auch." Hört sie den Mann beim Weggehen sagen.

Je näher sie die Stufen zu Daniels Stockwerk bringen, desto mehr Panik macht sich in Marie breit. Wie wird er auf sie reagieren? Seit ihrer Reise mit Novellin, haben sich ihre Gefühle zu Daniel immens verändert. Früher hat sie ihn nur als Arbeitskollegen betrachtet, aber jetzt, jetzt kann sie nur noch an seine stahlblauen Augen, die breite Schulter und seinen wunderbaren Umgang mit seinen Mitmenschen denken. In diesem Moment fallen alle Hemmungen von Marie ab. Sie ist sich sicher, dass Daniel ein Hauptgewinn ist. Es gibt nicht viele Männer wie ihn und sie wäre dumm ihn sich durch die Lappen gehen zu lassen. Selbstsicher kommt sie in seiner Etage an. Links hat der Mann gesagt. Sie tut wie ihr geheißen und kommt vor einer dunkelblauen Tür zum Stehen. Als Marie mit ihrer Hand klopfen will, überkommen sie erneut Zweifel. Sie verharrt mit erhobener Faust. Soll ich das wirklich tun? Was passiert, wenn…? Sie bricht ihren Gedankengang ab. Wo ist das Hochgefühl von gerade hin? Bevor sie sich weiter verrückt macht, klopft sie gegen die Tür. Es vergehen unzählige Sekunden in denen nichts passiert. Marie klopft erneut. Während sie wartet, steigt immer mehr Skepsis in ihr hoch. Gott, was mach ich hier bloß? Marie hämmert regelrecht gegen die Tür aus Angst, dass ihre Zweifel die Oberhand an sich reißen.

Plötzlich dringt ein Geräusch aus der Wohnung. Es hört sich nach einer zufallenden Tür an. Panisch richtet sich Marie die schwarzen Haare und ordnet ihren Mantel. Sie will gut aussehen, wenn Daniel ihr die Tür öffnet.
Im selben Moment geht die Tür auf. „Verdammt nochmal Peter, weißt du wie spät...!" Daniel bleiben die Worte im Hals stecken, als er Marie erspäht.
Ihr geht es ebenso bei seiner Erscheinung. Daniel trägt nur eine grau karierte Schlafanzughose, die er lässig an seiner Hüfte trägt. Seine Haare sind zerzaust. Er ist unrasiert und hat einen Abdruck im Gesicht, der von einem Kopfkissen stammen könnte. Maries Aufmerksamkeit ist starr auf seinen trainierten Oberkörper gerichtet. Ein verträumter Seufzer widerfährt ihr. Wie konnte so ein Traummann, ihr nur all die Jahre unbemerkt bleiben?
„Marie?", weckt Daniels Stimme sie aus ihrer Trance. „Was tust du denn hier?"
„Ähm...?", sie versucht sich einen klaren Gedanken zu fassen.
Mit geweiteten Augen wartet er auf ihre Antwort. „Ja?"
„Ich...", stottert sie vergeblich.
„Ist alles in Ordnung?", sein Ton klingt verständnisvoll.
„Ja, schon", findet sie ihre Stimme wieder. „Warum sollte etwas nicht stimmen?" Ihre Stirn liegt in Falten.
„Keine Ahnung." Daniel zuckt mit seinen Schultern. „Ich mein ja nur. Du? Hier? Bei mir? Hast du dich vielleicht verlaufen?"
Darüber muss Marie lachen.
„Hast du dich verlaufen?", setzt Daniel erneut nach.

„Nein, überhaupt nicht."
„Was machst du dann hier?"
„Ähm...", die Worte bleiben Marie im Hals stecken.
„Ja???" Mit großen Augen sieht er sie an.
„Ich..." Ihre Kehle fühlt sich staubtrocken an.
„Was ist denn nun?", fragt er freundlich nach. Er wirkt skeptisch, irritiert und verwundert auf einmal, aber vor allem, wirkt er süß auf Marie.
Sie nimmt ihren ganzen Mut zusammen und schluckt ihre Hemmungen auf einen Sitz hinunter. „Vielleicht wollte ich dich sehen?"
„Was?" Daniel wirkt vollkommen perplex.
„Vielleicht wollte ich dich sehen", wiederholt sie.
„Obwohl? Nein ich wollte dich sehen."
„Wie bitte?" Seine Gesichtszüge sind ungläubig gestimmt, doch seine Lippen formen sich zu einem leichten Lächeln. „Ich verstehe nicht?"
Pure Entschlossenheit ergreift von Marie Besitz. Sie schlingt ihre Arme um seinen Hals.
„Was tust du denn da?", will Daniel wissen und versucht sich aus ihrer Umarmung zu lösen.
Maries Griff um ihn wird fester. Ohne auf seine Reaktion zu achten, legt sie ihre Lippen auf die Seinigen. Es ist ein unbeschreibliches Gefühl sie zu spüren.
Daniel erwidert ihren Kuss zaghaft. Plötzlich weicht er zurück. „Träume ich gerade?" Ungläubig ist sein Blick.
„Ja, ich träume gerade", bestätigt er sich selbst.
Darüber muss Marie schmunzeln. Von ihrer anfänglichen Unbeholfenheit ist nichts mehr zu spüren.

Selbstsicher wählt sie ihre Worte. „Was muss ich denn tun, um dir das Gegenteil zu beweisen?" Sie blickt an seinem nackten Oberkörper hinab. „Schöne Aussichten übrigens", flirtet sie offenkundig.

„Ok, alles klar, ich träume wirklich", redet er sich weiter ein. „Marie würde nie so reden. Es ist ein Traum. Ein sehr realer, muss ich gestehen." Er legt seinen Kopf grüblerisch schief. „Du wirst dich bestimmt gleich in ein Tier verwandeln, oder noch schlimmer, in meine alte Deutschlehrerin."

„Wie nett", blanke Ironie schwingt in Maries Worten mit. „Soll ich aufhören?"

„Untersteh dich." Er packt ihre Hüfte und zieht sie zu sich heran. Wieder treffen ihre beiden Lippen aufeinander. Maries Hand fasst in seine Haare und zieht seinen Kopf näher an sich heran. Daniels Küsse werden gieriger. Er legt seine Arme um ihren Hals, damit sie nicht mehr entkommen kann. Mit ihrer zweiten Hand gleitet Marie langsam über seine trainierte Brust.

Sie folgt einem inneren Instinkt und beißt Daniel sanft in seine Unterlippe.

Verschreckt weicht er zurück. „Und, glaubst du immer noch, zu träumen?"

Er sagt nichts dazu, aber sein Gesichtsausdruck nach zu deuten, wird ihm gerade klar, wach zu sein. „Verdammt."

„Wem sagst du das", bestätigt sie ihm. „Auch für mich ist es Neuland."

„Du bist real? Du bist echt hier bei mir? Ich schlafe nicht?" Mit der rechten Hand fasst er an seine Schulter.

„Kneifst du dich gerade selbst, weil du immer noch glaubst zu träumen?"
„Ja." Gebannt hält er inne. Sein Blick ist starr auf Marie gerichtet, indem Glauben, sie würde in den nächsten Sekunden verschwinden und er aufwachen.
„Und?", will Marie wissen.
Seine Hand lässt von der Schulter ab.
„Ich bin immer noch hier." Marie grinst.
„Oh mein Gott!", keucht er.
„Das kannst du laut sagen", scherzt sie.
„Oh mein Gott!", wiederholt er erneut. „Du weißt gar nicht, wie lange ich schon darauf warte." Er packt Marie abermals und küsst sie. Diesmal sind sie leidenschaftlicher. Seine Küsse sprießen vor Verlangen.
Marie drückt ihre Hüfte gegen seine. Die Nähe ist wahnsinnig intensiv. Daniels Hände umklammern sie so fest, dass ihr fast die Luft wegbleibt. Plötzlich hebt er sie an und trägt sie in seine Wohnung. Die Tür fällt ins Schloss. Daniel stellt Marie ab und drückt sie sanft gegen die Wand. Mit geschlossenen Augen gibt sich Marie seinen Liebkosungen hin. Daniel öffnet ihren Mantel und lässt ihn von Maries Schulter gleiten. Seine Hände fassen über ihre weiße Bluse und den schwarzen Bleistiftrock. Seine Bartstoppeln kitzeln sie, als er ihren Hals hinabwandert. Marie atmet schwer ein und verkeilt ihre Fingernägel in seinen Schulterblättern.
„Dieser Moment könnte ewig andauern, wenn du mich fragst", keucht sie.
„Als ob ich dich so schnell loslassen würde", stellt er selbstsicher fest. Er atmet tief ein. „Oh Mann, du riechst

so verführerisch."
Marie macht es ihm nach und schnuppert an seinem Nacken. Ein Gemisch aus Moschus und etwas Herberen, steigt ihr in die Nase.
Ihr Liebespiel wird jäh unterbrochen, als es an der Tür klopft. Daniel lässt von ihr ab. Sein Blick geht zur Tür. Marie versucht währenddessen einen klaren Gedanken zu fassen.
Wieder klopft es. Daniel rührt sich kein Stück.
„Willst du nicht aufmachen?" Sie lehnt sich vor und küsst seine nackte Brust.
„Nein", piepst er. „Gewiss nicht."
Sie lehnt ihren Kopf wieder an die Wand. „Warum...?"
Daniel legt seinen Zeigefinger auf ihre Lippen. „Psst. Sag keinen Ton. Vielleicht haben wir Glück und werden in Ruhe gelassen."
Erneut klopft es. „Hey Mann, mach die Tür auf!"
Die Stimme kommt Marie bekannt vor. „Kann ich mir nicht vorstellen. Dein Bruder steht vor der Tür."
Daniels Stirn liegt in Falten. „Woher weißt du das?"
„Ich kann dich hören, Daniel!"
„Ich habe ihn an seiner Stimme erkannt", stellt Marie unüberlegt fest.
Blanke Verwunderung zeichnet sich in Daniels Gesicht ab. „Woher kennst du die?"
„Ähm..." Plötzlich wird Marie ihr Gerede bewusst. „Scherz", flunkert sie. „Du hast ihn doch schon erwartet, als ich vor deiner Tür stand."
„Hast du da eine Frau drin?", dringt Peters Stimme durch die Tür.

Beide lassen voneinander ab. Daniels Gesicht wirkt immer noch irritiert.

Marie übergeht ihn und richtet sich ihre Haare. „Los mach schon auf."

Daniel räuspert sich und öffnet seine Wohnungstür. Peter steht im Türrahmen. Er sieht genauso aus, wie auf der Reise. Peters Aufmerksamkeit fällt sofort auf Marie. Stumm steht er da, während sein Blick zwischen Marie, deren Mantel immer noch am Boden liegt und seinem Bruder, der weiterhin leicht bekleidet ist, hin und her wandert. Sein Gesicht spricht Bände, denn er versucht sich mit aller Gewalt ein Lachen zu verkneifen.

„Hey Mann, schön, dass du da bist!", versucht Daniel die peinliche Stimmung zu kippen. „Komm doch rein."

„Soll ich wirklich?" Peters Blick wirkt selbstgefällig. Er weiß nur zu gut, dass er sie auf frischer Tat ertappt hat. „Ich kann auch gerne noch eine Runde um den Block gehen, wenn ihr noch etwas Zeit braucht." Er zwinkert Marie zu.

„Das ist unnötig", antwortet die ihm. „Wir haben alles geklärt. Nicht wahr, Daniel?"

„Ja, das haben wir", gibt er hohl von sich.

„Das kann ich mir vorstellen." Peter tritt in die Wohnung ein und schließt die Tür hinter sich. Sein Augenmerk wandert sofort auf Marie. Mit ausgestreckter Hand geht er auf sie zu. „Guten Morgen, Peter Müller. Ich bin Daniels älterer Bruder."

„Freut mich." Sie erwidert seinen Händedruck. „Ich bin Marie Helm. Eine Arbeitskollegin."

„Angenehm." Er nickt ihr kurz zu.

Peinliche Stille erfüllt den Raum. Keiner sagt ein Wort. Marie durchforstet ihre Gedankengänge in der Hoffnung Peter abzulenken, dem anscheinend ein sarkastischer Spruch schon auf den Lippen liegt.

„Moment mal. Marie?!" Peter scheint in diesem Moment ein Licht aufzugehen. Er wirft seinem Bruder einen verschwörerischen Blick zu. Daniel versucht ausdruckslos zu bleiben. Seine Gesichtszüge sind jedoch angespannt. „Ahhh....die Süße, aus deiner Abteilung."

„Oh mein Gott." Daniel legt sich die Hand beschämend vor sein Gesicht.

„Süße?" Marie gibt sich überrascht. Währe Novellin nicht gewesen, wüsste sie von allem nichts.

„Ja, Süße. Von Ihnen war vor Kurzem erst ein Bild in der Zeitschrift." Er lässt ihre Hand los und geht einen Schritt zurück. Mit Adleraugen mustert er sie. „Obwohl ich zugeben muss: In echt sind Sie hübscher."

„Was für ein großes Kompliment. Wenn man mal davon absieht, dass ich gar nicht Ihr Typ bin." Marie beißt sich sofort auf die Zunge. Sie belehrt sich selbst. Sei nicht immer so vorlaut!

„Stimmt. Woher wissen Sie das?"

„Ähm..." Ihre Aufmerksamkeit wandert zu Daniel, der sie auch neugierig mustert. „Von Ihrem Bruder." Sie deutet mit ihrem Zeigefinger auf ihn.

„Von mir???" Daniel ist vollkommen verwirrt.

„Alles klar." Peter boxt ihn sanft gegen den Oberarm. „Kann nichts für sich behalten was?"

„Aber...?", setzt Daniel an.

„Ist schon in Ordnung", fällt Marie ihm ins Wort. „Es ist

auch schon ein paar Monate her, dass du mir davon erzählt hast."

Daniel sagt nichts dazu. Seine Gesichtszüge lassen darauf deuten, dass er an die Situation denkt, wo er so etwas erwähnt haben könnte.

Marie nutzt die Gunst der Sekunde und wechselt rasch das Thema. „Und Sie holen jetzt Ihren Bruder ab und fahren wohin?" Sie wendet sich Peter zu.

„Wir machen noch einige Besorgungen und fahren danach zu unseren Eltern. Die wohnen außerhalb von Berlin in einem Vorort."

„Ach wirklich?", gibt sich Marie überrascht.

„Ja", bestätigt Peter ihr. „Bei uns sind Feiertage immer eine riesen Familienzusammenkunft. Das hat man davon, wenn man noch drei weitere Brüder hat wie ich."

„Drei?", wiederholt Marie verblüfft spielend.

„Sieh mal einer an, das hat er Ihnen nicht erzählt." Wieder box er Daniel.

„Peter, wenn du das noch einmal tust, dann schwöre ich dir: Ich schlage zurück", droht Daniel ihm mürrisch.

„Okay, okay." Er hält seine Hand ergebend hoch. „Ist ja schon gut."

Über diese Reaktion muss Marie grinsen. Es ist dieselbe Geste, wie auf der Reise mit Novellin.

„Was ist so witzig?", will Peter wissen.

„Nichts." Maries Grinsen verebbt.

Auch Daniels mustert sie interessiert.

„Ach nein?" Peter betrachtet sie weiter fragend.

„Nun ja", versucht Marie Zeit zu schinden, bis ihr eine

passende Ausrede einfällt.

„Ich bin ganz Ohr", erklärt Peter ihr.

„Sie und Daniel erinnern an mich und meine Geschwister."

„Ach wirklich? Sie haben Geschwister?", Neugierde liegt in seiner Stimme.

Marie nickt. „Einen Bruder und eine Schwester. Michael und Jennifer."

„Ist Ihre Schwester genauso hübsch wie Sie?", macht Peter sie offenkundig an.

„Peter!", belehrt Daniel ihn barsch und gibt ihm einen Klaps auf seinen Hinterkopf.

„Man wird doch wohl noch fragen dürfen, oder?", gibt der bockig von sich. „Oder ist das taktlos?" Seine Augen wandern zu Marie.

„Kommt drauf an, wie man es sieht", antwortet sie ihm spaßig. „Immerhin haben Sie eine Freundin, Peter."

„Woher weißt du das?", wirft Daniel völlig perplex ein.

Erneut beißt sich Marie auf ihre Zunge.

„Von wem wird sie das wohl haben?" Peter verdreht seine Augen.

„Genau, von wem werde ich das wohl haben?", scherzt Marie.

„Keine Ahnung?" Daniel zuckt unschuldig mit seinen Schultern. „Von mir jedenfalls nicht."

„Klar", spottet sein Bruder und zwinkert ihm verschwörerisch zu.

„Ich meine es ernst."

„Ich auch." Wieder zwinkert er ihm zu.

„Peter?", ein drohender Unterton liegt in seiner Stimme.

„Daniel?" Er ist jedoch kein bisschen davon eingeschüchtert.
Für einen kurzen Moment liefern sich beide einen Wettstreit im Anstarren.
„Wenn Sie noch Einkäufe tätigen müssen, sollten Sie sich beeilen", wirft Marie ein, um die beiden von ihrem Wettkampf abzulenken. „Nach Sieben waren nämlich die Straßen schon ein einziger Stehplatz." Sie schaut auf ihre Uhr. „Ich sollte jetzt lieber auch mal das Weite suchen."
Bei ihren Worten lässt Daniel sofort von seinem Bruder ab. „Was?"
„Gewonnen!" Peter ballt seine Finger der rechten Hand zu einer Siegerfaust und hält sie hoch. „Danke, danke, danke." Er beklatscht sich selbst und sonnt sich für einen kurzen Moment in seinem Sieg. Seine Aufmerksamkeit wandert zu Marie. „Das ist kein Vergleich zu dem, was sich jetzt abspielt. Es ist um einiges schlimmer geworden."
„Geht das überhaupt?", scherzt Marie. „Für mich war es schon die Hölle hier herzukommen."
Peter nickt. „Oh ja. Am Taxistand stehen die Leute schon Schlange." Sein Augenmerk wandert zu Daniel, der wie angewurzelt da steht. „Worauf wartest du denn, Mann? Komm mal in die Gänge."
„Ist ja schon gut", Daniels Stimme wirkt genervt. Seine Augen fixieren seinen Bruder eindringlich.
„Was?" Der versteht nur Bahnhof.
„Ja, was wohl?" Er deutet auf Marie. „Würdest du uns vielleicht…"

„Jetzt versteh ich, was du meinst." Breit grinsend geht er auf Marie zu. „Sehr unauffällig im Übrigen." Er zwinkert Marie verschwörerisch zu und hält ihr seine Hand entgegen. „Hat mich gefreut, Marie."
„Mich ebenfalls, Peter." Sie fasst danach. „Ich wünsche Ihnen und ihrer Familie frohe Weihnachten."
„Danke." Er lässt von ihr ab und geht den Flur entlang. Als er in einem der Zimmer verschwindet, erklingt seine Stimme erneut. „Lass dir aber nicht allzu lange Zeit Bruder."
Ehe die Tür ins Schloss fällt, steht Daniel schon bei Marie. Seine Hände liegen auf ihrer Hüfte. „Ich würde mich ja gerne entschuldigen, aber sein nerviges Benehmen ist ein Geburtsfehler."
„Ich mag ihn." Marie legt ihre Hände um seinen Hals. „Er hat Sinn für Humor."
Die Nähe der beiden ist wahnsinnig intensiv. Daniels stahlblauen Augen leuchten regelrecht. Auf seine Erscheinung hin, fängt Maries Herz wild zu schlagen an. Wie konnte ihr dieser Typ nur all die Jahre unbemerkt bleiben? Sie folgt wieder ihrem inneren Drang und zieht ihn zu sich herunter. Bevor Marie ihre Augen schließt, um sich voll den Empfindungen von Daniels Lippen hinzugeben, bemerkt sie, dass der über beide Ohren strahlt.
Wieder tauschen sie leidenschaftliche Küsse aus. Es vergehen weitere Minuten bis Daniel nur widerwillig von ihr ablässt. „Ich muss jetzt wirklich los."
Maries Lippen brennen noch nach von den glühenden Küssen, die sie austauschten. „Ich leider auch." Sie lässt

ab von ihm.

Daniel geht einen Schritt zurück. „Ich kann es noch immer nicht fassen."

„Da geht es dir wie mir." Sie fasst nach ihrem Mantel am Boden und zieht sich an.

„Sehen wir uns Morgen?", will Daniel wissen.

„Nein." Marie beißt sich zerknirscht darüber auf die Unterlippe.

Ein Schatten huscht über sein Gesicht. „Warum denn nicht?"

„Weil ich nicht hier bin." Marie geht an ihm vorbei und öffnet die Wohnungstür.

„Wo bist du denn?", fragt er verwundert nach.

„Da wo ich hingehöre an Weihnachten. Zu Hause bei meiner Familie."

„Oh." Diese Antwort überrascht ihn. Mit seiner Hand kratzt er sich am Kinn. „Und wie verbleiben wir?" Ein Anflug von Panik gemischt mit Unsicherheit schwingt in seinen Worten mit, als ob er Angst hätte, dass die heutige Situation ein Einzelfall bleiben würde.

„Keine Angst, wir sehen uns bald wieder", versucht Marie seine Zweifel zu zerstreuen.

„Wann?"

Marie spart sich eine Antwort, geht auf Daniel zu und küsst ihn erneut. Dieses wohltuende Gefühl begehrt zu werden, ist wie eine Droge. Eine Droge, von der sie nicht genug bekommen kann. Sie lässt ab von ihm, als er erneut versucht seine Hände um sie zu schlingen. Mit ihrer Hand streichelt sie sanft seine Wangenknochen entlang. „Ruf mich nach Weihnachten an."

„Mach ich." Er nickt.
Marie blickt ein letztes Mal auf seinen nackten Oberkörper. „Bis dahin wird es mir wie eine Ewigkeit vorkommen." Sie geht zur Tür. „Frohe Weihnachten, Daniel."
„Dir auch Marie und besinnliche Feiertage." Seine Gesichtszüge sind milde. „Auch deiner Familie."
„Danke." Sie fasst nach dem Türgriff. „Bis dann!" Die Tür fällt ins Schloss. Für einen kurzen Moment lehnt sie sich dagegen und denkt über das gerade passierte nach. Es ist unfassbar, gar unglaublich, wie sich ihr Leben von gestern auf heute verändert hat. Es ist unbegreiflich, wie sich ihre Sichtweise um hundertachtzig Grad gedreht hat. Wie konnte sie all die Jahre nur so dumm sein? Wie konnte sie tagein, tagaus nur ein halbes Leben leben? Wie konnte sie ihre Arbeit nur zum Mittelpunkt ihres Daseins machen? „Das geschieht nie wieder", bestätigt sie sich selbst. Sie denkt an ihre Reise mit Novellin. Wäre ihre Fee nicht gewesen, würde sie nie bemerkt haben, wie schön ihr Leben doch ist. „Danke Elli." In diesem Augenblick kann sich Marie gut vorstellen, wie Novellin in ihrem pompösen Kleid und der Lockenpracht vor ihr fliegt und antwortet. „Gern geschehen."

Kapitel 12

Mit einem vollen Herzen und unermüdlichen Tatendrang, schlendert Marie die Stufen des Treppenhauses hinunter. Mit ihrem nächsten Ziel vor Augen, macht sie sich vorfreudig auf den Weg zur Straßenbahn. Wieder ist die bis unters Dach vollgestopft. Eingezwängt zwischen einem alten Mann mit Rauschebart und einer Pelztragenden Frau mit Hut, fährt sie den Weg zurück in ihre Wohnung. Ihre Gedanken kreisen um Daniels Küsse und lassen die Fahrt wie im Flug vergehen. Ein erregendes Gefühl steigt in ihr hoch, wenn sie an seine Bartstoppel denkt. Marie fasst sich an ihre Wange. Hohl kann sie nur vor sich hin grinsen.
Gutgelaunt steht sie vor ihrem Wagen. Ihr neues Lebensgefühl ist überwältigend. „Ich war all die Jahre tot", meint sie zu sich selbst, während sie ihr Spiegelbild in dem Autofenster betrachtet. Sie schließt ihren Wagen auf und steigt ein. Mit wachsamen Augen wendet sie ihr Auto aus der Parklücke. Es dauert über zwei Stunden und einige Ampeln bis Marie mit der Stadt im Rückspiegel in Richtung Heimat unterwegs ist. Trotz der überfüllten Straßen ist sie weiterhin gut gelaunt. Heute kann nichts und niemand ihr die Stimmung vermiesen, immerhin ist Weihnachten. Im Radio sucht sie nach Musik, die ihre festliche Stimmung untermauert. Bei einem bekannten, englischen Weihnachtslied bleibt sie hängen. „Oh, ich liebe diesen

Song!" Sie dreht ihr Radio bis zum Anschlag auf und singt jede einzelne Textpassage mit. Ihre Schultern wippen zum Takt mit. Sie setzt den Blinker und fährt auf die Autobahn hinauf. Nichts kann Maries Laune trügen, selbst das nervige Gerede des Moderators, ist für sie Musik in den Ohren.

„Es ist der Heiligabend und auf den Straßen ist die Hölle los", meint der.

„Ach, was du nicht sagst", mault ihn Marie mit einem Grinsen im Gesicht an. „Darauf wäre ich nicht gekommen. Im Übrigen dachte ich, es wäre Ostern."

„Wie jedes Jahr. Keine Ahnung, was mit den Leuten los ist, dass sie immer auf den letzten Drücker einkaufen gehen", redet nun die Co-Moderatorin. „Ups, ich brauche auch noch etwas." Schritte und eine Tür, die zufällt, sind zu hören.

Marie verdreht ihre Augen. „Hahaha, der Brüller, hab Tränen gelacht", ihr Ton ist sarkastisch gestimmt.

„Hahaha, Sonja du bist mir eine", scherzt nun der Mann.

„Oh Gott, lass Hirn wachsen." Marie wechselt den Sender und bleibt bei einem Oldie hängen. „Treffer!" Sie hält ihre Faust siegreich in die Höhe.

Sie wechselt zum äußeren, linken Fahrstreifen um den Lkw-Fahrer vor ihr zu überholen.

Ihr Blick huscht zum Führerhaus hinauf, als sie mit ihrem Wagen gleichauf mit seinem Lkw ist. Ein Mann mittleren Alters und mit feuerroter Mütze sitzt darin.

„Blöd, wenn man an Weihnachten arbeiten muss", redet sie ihren Gedanken frei heraus. „Vor nicht mal einem

Tag, hätte ich es nicht anders gemacht." Sie klopft sich selbst auf die Schulter. „Nie wieder." Als der Song ausklingt, ertönt ein Piepen. Marie fasst in ihre Handtasche am Beifahrersitz und holt ihr Handy daraus hervor. Eingehender Anruf von Zuhause wird angezeigt. Für einen kurzen Moment überlegt sie, ihn anzunehmen, verwirft jedoch sofort den Gedanken wieder. Es soll eine Überraschung für ihre Familie werden. Ihr Blick fällt auf die Uhr. Es ist kurz nach Mittag. Marie überlegt, wie lange sie noch zu fahren hat. Wenn sie ihr zügiges Tempo halten kann, müsste sie noch vor dem Abendessen ankommen. „Das wäre doch gelacht." Mit ihrem Fuß tritt sie das Gaspedal voll durch.

Es ist Jahre her, das sie über Weihnachten zu Hause war. Wenn sie an die letzten verbrachten Feiertage mit Sushi und haufenweiße Arbeit denkt, kann sie nur den Kopf schütteln. So will sie nie wieder sein. „Wie dumm ich doch nur war." Der Gedanke mit der kompletten Familie an einem Tisch zu sitzen, und nicht alleine zu sein, wie es sonst immer war, beflügelt sie richtig.

Nach über fünf Stunden Fahrt und einem Stopp an einer Tankstelle, kommt sie aufgeregt in ihrem Dorf an. Sie parkt vor einem dreistöckigen Haus mit riesigem Wintergarten. In der letzten halben Stunde hat es angefangen Schnee zu rieseln, sodass die ganze Ortschaft um sie herum leicht mit Schnee überzuckert ist. Sie denkt an ihre Reise mit Novellin, als sie Daniel besuchten. Bei ihm in Berlin war es kein bisschen weiß. „Allein deswegen hat sich die Fahrt gelohnt." Marie stellt ihren Wagen ab und steigt aus. Sie lehnt sich gegen die Motorhaube und blickt um sich. Seit ihrem letzten Besuch hat sich nicht viel verändert. Alles ist noch beim Alten, angefangen von dem Spielplatz am Ende der Straße, über die angrenzenden Wälder hinter ihr, bis hin zu dem Ausblick auf die Stadt, die unweit entfernt vor ihr leuchtet. Alles wirkt so friedlich und idyllisch, insbesondere mit den geschmückten Häusern. Der Schneefall wird stärker. Marie atmet tief ein. Die kalte Winterluft verschafft ihr einen angenehmen Schauer. Warum weiß man solche Dinge erst zu schätzen, wenn es dem Ende zugeht, fragt sie sich selbst.

„Habe ich mich doch nicht getäuscht. Es waren Scheinwerfer in unserer Einfahrt zu sehen", erklingt plötzlich eine Stimme neben ihrem Wagen. „Hallo?"

Verschreckt zuckt Marie leicht zusammen. „Ja?"

„Marie?", fragt die Frau.

Ihr Anblick rührt Marie fast zu Tränen, bei dem Gedanken durch ihren Selbstmord einen Autounfall mit tödlichem Ende verursacht zu haben. „Mum!"

„Marie?" Pure Verwunderung macht sich auf Anitas Gesicht breit.

Marie versucht sich ein Schluchzen zu verkneifen. „Mum!" Mit ausgebreiteten Armen geht sie auf ihre Mutter zu.

„Schätzchen, was machst du denn hier?" Sie nimmt ihre Tochter herzlichst in Empfang. „Ist alles in Ordnung?"

Marie ist so gerührt, dass ihr die Worte im Hals stecken bleiben. Sie nickt nur.

„Wir waren schon in Sorge um dich. Kein Anruf wie jedes Jahr und auf deinem Handy war immer nur die Mailbox zu hören." Anita tätschelt ihr fürsorglich den Kopf.
„Tut mir leid, Mum. Ich wollte euch nicht beunruhigen." Ihre Umarmung wird fester. „Ich wollte nicht, dass ihr euch Sorgen macht."
„Ach Schätzchen, ist schon gut." Ein Lächeln ist aus Anitas Stimme zu hören. „Ist wirklich alles gut bei dir?" Marie bemüht sich um Fassung, bevor sie zu reden anfängt. „Klar, warum denn nicht?"
„Ich bin nur verwundert. Steckst du nicht bis zum Hals in Arbeit?" Sie will sich aus Maries Armen lösen.
„Nein, ich bin noch nicht soweit." Ihr Griff wird fester.
„Schon gut", Anitas Ton nachzufolgen, ist sie mehr als verwirrt, über das Benehmen ihrer Tochter. „Geht es dir wirklich gut? Du stehst ja vollkommen neben dir, als ob du einen Geist gesehen hättest?"
Über diese Bemerkung muss Marie schmunzeln. „Nicht ganz. Du hast mir einfach wahnsinnig gefehlt, das ist alles."
„Das hört eine Mutter gern." Sie gibt Marie einen Kuss auf ihre Stirn. „Wie kommt es, dass du hier und nicht in der Arbeit bist?"
Marie zuckt mit ihren Schultern. „Ist eine längere Geschichte." Sie will jetzt nicht über ihre Arbeit reden. Sie will ihre Arbeit für die nächsten Tage einfach vergessen. Ihre Eltern würden sich nur sorgen, was unnötig ist.
„Lässt du mich nun los, oder müssen wir in dieser

Stellung ins Haus hinein gehen?", scherzt Anita.
Für einen kurzen Moment denkt Marie darüber nach. Am liebsten würde sie in dieser Stellung verharren, aber dass wäre dann doch zu auffällig. Ihre Eltern haben eben nicht gesehen, was sie gesehen hat. Sie haben keine Ahnung, was passiert wäre, wenn...
„Ist ja schon gut." Nur ungern löst sie sich von ihrer Mutter. „Zufrieden?"
Anita schenkt ihr einen missbilligenden Blick. Ihre Augen mustern sie eindringlich. „Du siehst gut aus Schatz. Warst du im Urlaub?"
„Wie kommst du denn darauf?" Maries Stirn liegt in Falten.
„Du wirkst viel erholter und ausgeruhter."
Marie schüttelt ihren Kopf. „Nein, eigentlich nicht. Es geht mir einfach nur gut." Sie mustert nun ebenfalls ihre Mutter. „Du siehst toll aus Mum."
„Danke, Schatz." Sie reibt ihre Oberarme. „Lass uns rein gehen. Es ist eiskalt."
„Gern." Sie will zu ihrem Kofferraum gehen, um ihr Gepäck zu holen. „Ich hole nur meine Sachen aus dem Wagen."
„Sachen? Wie lange bleibst du denn?"
„Bis nach Weihnachten", stellt Marie fest.
„Wirklich?" Anita strahlt über beide Ohren.
„Natürlich. Was denkst du denn?"
„Oh Schätzchen." Sie umarmt sie überglücklich. „Wie schön. Endlich sind wir wieder alle zusammen. So wie es sich gehört an Weihnachten." Anita lässt ab von ihr. „Komm aber erst mal rein. Dein Gepäck holen wir

später."

„Ok", stimmt Marie mit ein. „Ich hoffe, ihr habt noch Platz für einen mehr."

„Sehr witzig", blanke Ironie schwingt in Anitas Worten mit. „Dein Zimmer ist unberührt."

Darüber muss Marie lächeln. Als ob sie dass nicht wüsste. „Freut mich zu hören."

Sie hakt sich bei ihrer Mutter unter. „Ich habe dich lieb Mum."

Anita tätschelt ihr die Wange. „Ich dich auch Schatz."

„Sind Michael und Jennifer auch schon da?"

„Natürlich. Jennifer ist seit heute Morgen hier und hat mir in der Küche geholfen und dein Bruder kam nach dem Besuch bei seiner Freundin."

„Wirklich?", spielt Marie die Überraschte. „Du hast Jennifer in der Küche brauchen können? Was hat sie denn gemacht?"

„Sie hat Blaukraut geschnitten, Knödel abgedreht und so weiter." Anita streift ihre Schuhe am Vorleger der Tür ab. „Aber vor allem hat sie den Hintern der Gans zugenäht." Anita verdreht ihre Augen. „Sie redet von nichts anderem mehr."

„WOW! Ich bin beeindruckt. Wer hätte gedacht, dass sie so etwas könnte." Marie streift ihre Schuhe ebenfalls am Vorleger ab. Ihre Augen wandern auf die Aussicht vor ihr. Der Schneefall hat zugenommen. Große Flocken fallen vom Himmel und ihr Auto ist schon mit einer dünnen Schneeschicht überzogen.

„Was hast du Schatz?" Anita stellt sich neben sie und folgt ihrem Blick.

„Nichts." Marie schenkt ihr ein gutmütiges Lächeln. „Es ist nur angenehm, wieder zu Hause zu sein."
„Zu Hause." Anita erwidert ihr Lächeln. „Nirgends ist es schöner auf der Welt."
„Mum?", dringt plötzlich eine Männerstimme aus dem Haus. „Wo bleibst du denn? Dein Essen wird kalt. Ist alles ok?"
„Ja." Ihre Augen sind auf Marie gerichtet. „Komm rein Schatz. Du bist gerade noch rechtzeitig gekommen. Wir sind am Essen."
Marie nickt. Sie will die Haustür zuschlagen, als plötzlich sie ein kühler Windstoß im Nacken trifft. Mit einem Ruck wendet sie ihr Augenmerk wieder ins Freie.
„Was hast du Marie?"
„Nichts." Ihr Blick mustert wachsam die Dunkelheit. „Geh schon mal rein Mum. Ich komme in einer Minute nach."
„Ok." Anita geht von ihr weg.
Marie durchforstet die Dunkelheit in der Hoffnung, irgendetwas zu erkennen, doch Fehlanzeige. Novellin hatte recht. Obwohl sie sie nicht sehen kann, weiß Marie, dass sie da ist. „Danke Elli." Sie atmet tief ein. „Danke für alles."
Marie fasst nach der Tür und lässt sie ins Schloss fallen. Eiligen Schrittes und voller Vorfreude geht sie dem Stimmengewirr, das aus dem Esszimmer kommt entgegen. Es ist Weihnachten und sie ist genau da, wo sie hingehört. Bei ihrer Familie. Sie kommt unter dem Rundbogen des Eingangs vom Esszimmer zum Stehen.
„Hallo Leute! Frohe Weihnachten."

Große Gefühlswelten, Wortwitz
und menschliche Dramen
Bücher von S. G. Maxwell

Kati ist eine junge Frau, die trotz ihres wohlbehüteten Lebens eine Leere darin verspürt. Aus diesem Grund findet sie sich eines Abends auf einen Stadtbekannten Straßenstrich wieder.

November 2016
ISBN 9 783741 297458

Wortgefechte, Streitigkeiten und Zickenkrieg!

Auch in der Fortsetzung von ´Ein Sommer auf der Straße´, die 2017 erscheint, schenken sich Kati und Thomas nichts.

Alle Bücher im Internet und
im örtlichen Buchhandel bestellbar.
Auch als E-Book erhältlich.